U1007625

旅伴文库·散文精品城际阅读

聂震宁 / 总主编
王剑冰 / 主编

霓裳的种子

陆春祥——著

漓江出版社
·桂林·

图书在版编目 (CIP) 数据

霓裳的种子 / 陆春祥著 . -- 桂林：漓江出版社，2021.7

ISBN 978-7-5407-8949-7

Ⅰ . ①霓… Ⅱ . ①陆… Ⅲ . ①散文集—中国—当代 Ⅳ . ① I267

中国版本图书馆 CIP 数据核字（2020）第 226202 号

NICHANG DE ZHONGZI
霓裳的种子
陆春祥　著

出版人：刘迪才
丛书策划：张谦
责任编辑：辛丽芳
书籍设计：石绍康
责任监印：张璐

出版发行：漓江出版社有限公司
社址：广西桂林市南环路 22 号　邮编：541002
发行电话：010-65699511　0773-2583322
传真：010-85891290　0773-2582200
邮购热线：0773-2582200
电子信箱：ljcbs@163.com
微信公众号：lijiangpress
印制：三河市中晟雅豪印务有限公司
[河北省三河市泃阳镇错桥村　邮编：065299]
开本：880 mm × 1230 mm　1/32
印张：7.875　字数：93 千字　插页：16
版次：2021 年 7 月第 1 版　印次：2021 年 7 月第 1 次印刷
书号：ISBN 978-7-5407-8949-7
定价：35.00 元

漓江版图书：版权所有，侵权必究
漓江版图书：如有印装问题，可随时与工厂调换

目 录

Contents

总序

聂震宁

“旅伴文库”乃应时而生的出版项目。当今之世，既是提倡全民阅读之时，又是全民旅行已成热潮之际，正应了古人“读万卷书，行万里路”的人生信条。究其实，现代交通工具大大方便了百姓的出行，旅行几乎成了普通民众的一种生活常态，“行万里路”已成简单的事情；而全民阅读则还在国家、社会的提倡中，普通人真正要“读万卷书”，似乎还比较困难。然而，唯其难，故而需要多方设法推动，长期用心提倡。漓江出版社策划设计这一文库，既顺应了现代人出行的需要，更是为全民阅读助力，颇具趁旅行热潮助推全民阅读，借全民阅读提升旅行质量的匠心。

相比较已经形成热潮的旅行，全民阅读似乎还不够热。尽管国家为倡导全民阅读加大力度，各级政府为开展全民阅读提供政策支持，每年“世界读书日”各地开展活动有声有色，“书香中国”活动在全国范围风生水起，家庭阅读、校园阅读、社区阅读、机关阅读渐次开展，有识之士一直在呼吁让阅读成为一种生活方式，然而，平心而论，许多主要是在外力推动下开展起来的阅读，距离“让阅读成为一种生活方式”愿望的实现，还有长路要走。

如何才能让这一愿望成为现实呢？我们以为，让阅读与日常生活相伴或许是努力的主要途径。全民旅行热潮形成，旅行已经成为普通百姓的一种生活方式，提倡在旅途中阅读也就是比较自然的事情。国际上曾有过“中国人不爱读书”的负面评价，评价者所举证的，正是旅行途中许多发达国家人士在读书，而许多中国人并不读书，颇使得极具荣誉感和自尊心的许多国人心中不爽。

其实，要改变这一国际负面印象并不困难，最直接的办法就是让更多国人在旅行途中读起书来。当然，在旅行途中读书并非为了做样子给国际人士观赏，挣回一点面子，而是全民阅读之树必然开出的日常生活之花。“旅伴文库”正是为了催生这美丽的花朵而做出的努力。“旅伴文库”的出版宗旨“人生漫旅，好书伴你”，就是出版人真诚而温馨的承诺。

事实上，开展在旅行途中的阅读，对于提高我国旅游事业的质量也是大有裨益的。对于国人的旅行，一直都有某些负面的评价，认为其盲目、简单、粗糙，缺少文化内涵和审美情趣，还有就是不读书。这些负面评价已经成为国民素质不高的重要证据。知书达理或知书达礼，不爱读书的民族谈何文化内涵和审美情趣！于是，近些年来，就有许多关于改善旅行生活、提高旅行质量的意见提出，其中有一条意见颇具感染力，那就是“带一本书去旅行”。

“带一本书去旅行”，其直接的用意是让人们在旅行途中闲暇时刻不至于无所事事。古人主张“第一等好事还是读书”，那么，人在无所事事时，第一等好事更应当是读书了。人在旅途中，休闲时也要保持着优雅的生活姿态，而阅读正是一个人最优雅的生活姿态。旅行是一个发现美、欣赏美的过程。“带一本书去旅行”，既可以读书明理，也可以直接帮助我们丰富旅行知识，探寻美的存在，增加旅行的深度和厚度。旅行即意味着暂时摆脱日常世俗生活的纷扰，暂时忘却生活中某些庸俗无聊的烦恼，所谓“偷得浮生半日闲”，让身心得到休养，那么，“带一本书去旅行”，可以借一本好书帮助我们超凡脱俗，让一本好书高雅的气质陪伴我们的灵魂，让一次次旅行成为与一本本好书相伴随的精神之旅。

应时而生的“旅伴文库”，其用意就是倡导“带一本书去旅行”，让精品图书成为旅行者的精神伴侣。在全民旅行热潮扑面而来的同时，也要让全民阅读热潮相伴而去，让“读万卷书，行万里路”的理想成为现实。

为了旅途阅读而设计的“旅伴文库”，自然要更多顾及旅行阅读的特点。旅行阅读当然是各有所好，可专门为旅行者出版的图书，则要更多体现旅行者阅读的便捷、休闲、审美、精粹等需求的特点。“旅伴文库”的各个子系列设计得很具匠心。其中，“散文精品城际阅读”系列，一辑只选七位作家，颇有“七剑下天山”的气概；每人每本不过十来万字，极大突出了精选的精神，再配上雅致便携小开本软精装，精编精印，想必能吸引读者眼球而令人求得一睹为快。“漓江的书，买了再说”，是20多年前本人在漓江出版社社长任上为该社拟定的广告语，出版人的自信自许，竟然在这个系列的设计中重新得以体会。

“旅伴文库·散文精品城际阅读”第一辑已经面世。入选的七人七种散文集，有刘亮程的《半路上的库车》、朱秀海的《一个人的车站》、王剑冰的《水墨周庄》、徐则臣的《去额尔古纳的几种方式》、陈彤的《玻璃栈道》、阿德的《北行记》和董谦的《种稻记》等。入选的每一位作家都以实力呈现，努力奉献自己卓具新意的作品集。

在邀约散文名家加盟过程中，编选者主张作品质量优先，新人新作质量必须上乘，而名作家则必须以力作加盟。第一辑的七人七书，完全可以称得上是精选精编而成，阵容齐整，一经面世，便引得许多读者兴趣满满，更使得出版社信心满满。于是，时隔不久，又有了第二辑的编选出版。

该系列第二辑的七人七书，出版社一如既往地精选精编。入选者有彭程、乔叶、陆春祥、顾建平、谷禾、陈世旭和王可越，阵容不凡，与第一辑水准相当。主张“真实是散文最基本的遵循”的彭程，他的《头脑中的旅行》一书收入了《自由在呼唤——从陶渊明到袁中郎》《漂泊的屋顶》《在母语的屋檐下》等9篇颇具思辨深度、文笔精准的佳作。被论者赞誉为“清新、隽永，如同她的人……让爱和温暖静静地流淌”的乔叶，她的《一杯白茶》一书收入了《卖麻辣串的女人》《薄荷一样美好的事》《跳面之跳》等25篇清新隽永的佳作。被论者指为“透着十足的智慧和无限趣味”的陆春祥，他的《霓裳的种子》一书收入了《〈霓裳〉的种子》《杂草的故事》《泥土去哪儿了？》等11篇既慎思明辨又智慧幽默的佳作。我的北大校友顾建平，他认为“散文是一种自由而真诚的文体”，其《冬天我到南方》一书收入了《冬天我到南方》《惠州秀才苏东坡》《几人曾见水流西？》等16篇自由而真诚的佳作。早些年被朋友指为“即便生活在北京，他选择的是生机盎然的通州”的谷禾，既是诗人也是散文家，他的《黑棉花，白棉花》一书收入了《一个人的河流》《等待戈多，等待贝克特》等32篇颇具乡土气息和文化意味的佳作。成名于20世纪80年代的著名作家陈世旭，他那部获得全国优秀短篇小说奖的杰作《小镇上的将军》让我们至今难以忘怀，他一直主张“讲普通人生活的故事”，他的《俗可以，别太俗》一书收入了《不与狗争道》《坏人的面相》《最好的风水》等43篇看似普通却一点也不普通的佳作。大学教授王可越博士，一位设计思维创新的资深导师，散文随笔不过是他思维创新中的灵感闪现，他的《万物与我》一书收入了200多个超短篇作品，内容涉及经验、对话、回忆、观看、幻想、梦境、道听途说，有诗有文，亦可当寓言、小小说来读，尤其适合旅行者在旅途中阅读，多得解颐之娱。

“旅伴文库·散文精品城际阅读”两辑共14种书出版，渐成大的格局和不凡气象，相信这不仅会成为散文界、出版界各位同好的共识，也会成为众多文学读者的真切感受。更重要的是，众多旅行者决心“带一本书去旅行”时，有这些可爱而精致、精美的口袋书可供选择，可以从中找到温情相伴的旅途伴侣，成为一次快乐旅行的美好开始，自然是一件令人愉悦的事情了。

2017年9月第一稿

2020年6月第二稿

聂震宁，第十、十一、十二届全国政协委员，中国作协全国委员会名誉委员，中国韬奋基金会理事长，中国出版协会副理事长，“旅伴文库”总主编。

斫一个轮子

做一个木轮子，或者，制造一个木车轮，当今没有多少人会干这个，即便会做，手艺也绝对比不上轮扁。

两千六百多年前的一天，阳光晴好，齐桓公正坐在堂上读书，而轮扁师傅呢，就在堂下埋头做车轮。君民无间，这是一幅多么和谐的画面啊，就如小时候，我们家请一个箍桶匠箍桶，而我正坐在边上的小方桌上做作业。不过，那时候，我并不知道轮扁和齐桓公。

许是工作久了，这轮扁要抽袋烟休息一下，不过，他没抽烟，他见桓公看书那么认真，就很好奇地上堂去问：敢问大王，您这读的是什么书呢？桓公抬起头，看了轮扁一眼：圣人的书。轮扁明知故问：圣人还活着吗？这回，桓公头也不抬了：早死了！轮扁自顾自很肯定地判断道：那么，大王您所读的书，不过是古人的糟粕罢了。桓公一听，火一下冒上来：我读书，你一个做轮子的怎么可以随便议论！刚才的话，你给我说清楚，说得出理由就算了，要是说不出理由，我就判你死罪！

气氛一下子紧张起来，我都有点替轮扁捏一把汗。

轮扁却不慌不忙，显然，他是有准备的，这个话，他已经在心里藏了很久了，今天终于可以说出：我没有更多的理由，我只是从我自身的经验出发。我做这轮子，下手慢了，做出来的轮子就会松动而不牢固；下手快了，做出来的轮子就会紧涩而镶嵌不进。要不慢不快，得之于手而应之于心。我是有口也说不出，但我知道，个中一定是有奥妙技术的。我不能传授给我儿子，我儿子也不能从我这里继承下去，所以，我七十岁了，还在做轮子。古人与他们不可传授的心得都已经消失了，那么，大王您所读的，不过是古人的糟粕罢了。

这应该是个寓言，庄子在《庄子·天道》章中讲这个寓言的时候，讲到轮扁说完理由后就结束了，并没有记叙齐桓公接下来的反应，不过，从效果看，桓公是听进去了，不仅听进去，还将这一段故事讲给别人听，所以，《轮扁斫轮》就成了千年经典。

庄子是个寓言高手，但他不会随便讲一个供我等茶余饭后插科打诨，他的寓言，都有理论根据，都有契合的场景，他是要人们能更通俗地理解他的意思。

庄子认为，道是靠语言记载才使人们得以知晓的。

世人认为道可贵，是因为书本的记载，书本不过是语言而已，所以语言是可贵的。语言的可贵之处在于意义，意义有它的根据。但意义的根据不能靠谈论来传递，而世人却因为重视言论而传述成书。形状和颜色，凭眼睛可以看见，名称和声音，靠耳朵可以听见，世人以为，靠这些就可以掌握意义的真实根据了，其实，还远远不够。所以，懂的人是不说的，说的人好多是不懂的，那么，世人要从何处去认清这一点呢？

于是，庄子就给我们讲了轮扁斫轮的故事。

理论有点深奥，寓言却是浅显的，梳理一下，庄子讲轮扁斫轮，其实是在讲读书和悟道，有两点极其重要：

其一，阅读一定要去其糟粕而得其精华。那些形状和颜色，名称和声音，都是表面的，犹如肤浅的语言，只有透过表面，才有可能领悟原始的意义根据。在轮扁看来，圣人已死，他可以传授的经验也就消失了，而靠文字记载的圣人之言，极为靠不住，即便是圣人所说，也都是垃圾。

其二，人生的经验和心得，连父子也无法继承，只有靠自身的摸索和体验。轮扁的叹息和担忧，也许来自轮扁的父亲，或者父亲的父亲，他们知道，即便用精准的度量衡，也难以斫出一个心目中的好轮子。只有经历一次次失败，一点点积累，才有可能达到比较完美的境地。

庄子是在贬低读书吗？没有，他是在告诫我们，千万不可迷信书本。

斫一个轮子，用心斫一个轮子，就如轮扁。

读一本书，并听得进别人的意见，就如桓公。

好的轮子，依然可以滚向远方，很远的远方。

《霓裳》的种子

白居易的《琵琶行》，我烂熟于心。

“老大嫁作商人妇”的琵琶女，“江州司马青衫湿”的白乐天，这一对“同是天涯沦落人”的苦命人，因一夜相逢，谱写下了中国音乐史上的著名篇章。

我一直在古代笔记中蜗行，野史音乐笔记的点点细迹，犹如绵长的琴声，不断撞击着我的心灵。以《霓裳》和《六幺》两首唐朝大曲为引，草蛇灰线，古今勾连，采珠而成。

1

这几天，白乐天的心里，颇不宁静。

几个好朋友，千里迢迢来江州探望他，说了无数安慰话，喝了多少坛醉米酒，自然，诗也作了不少。今晚，就要送走他们了。

浔阳江边，枫叶，荻花，秋瑟瑟，送别场景也有点让人伤感。

还得再喝一回，必须喝，以后不知猴年马月才能聚首啊。

朗朗清夜，月挂中天，满地寂静。一阵江波涌来，时而哗哗，激荡着船舱舷板。远处，山鸟偶尔几声尖鸣，划破夜空的寂静，想是在互相求偶，或者子女在寻找母亲。

来来来，酒上来，菜上来，诗人们的分别酒，酒里满是愁绪，大家一杯接一杯，酒话一箩筐一箩筐地讲，你说我醉了，我说你醉了，对影成三人，没醉没醉，再喝。白乐天心里，确实有点缺憾，这样的场景，要是再来点音乐，那就太好了，可是，浔阳地僻无音乐，终岁不闻丝竹声，即便有，也是呕哑嘲哳难为听。

罢罢罢。酒是喝不完的，朋友总要告别，我们就此别过，各自保重！

忽闻水上琵琶声。

奇迹出现了。

这琵琶声，犹如晴空里传来的仙乐，让人耳朵顿时通亮，也深深击中了诗人干枯的心灵。白乐天握着朋友的手，忘记了放开，嘴里连声喊着：这是哪里来的仙乐啊，哪里来的仙乐！

许是喊声惊动了弹奏者，琵琶声停了下来。

这一晚，浔阳江边，也没几条船。循声暗问，一下子就找到了演奏者。

此时的白乐天，心情大好：来吧，朋友，添酒，回灯，重新开宴！我们一起欣赏如仙乐的琵琶。

接下来的场景，就是千年传诵的经典了。

著名琵琶手的高水平演奏，我们可以从几个层次解读。

强大的气场。

转轴拨弦三两声，未成曲调先有情。犹如序曲，正式演出前，演员抱着琵琶，先正正音，然后，轻捏小拳，优雅挥空，五指依次快速在琵琶弦上走一下，当当当，当当当，只几下，就将观众镇住了，她是在试音，却又是定调，一听就是皇家歌舞剧院的专业高手。

娴熟的技艺。

白乐天对音乐也颇有研究。他笔下的琵琶手，从转轴拨弦开始，技术臻美。有拢，是轻轻地拢；有捻，是慢慢地捻；有抹，来回快速如走泥丸；有挑，纤纤细指跳跃拨弦。常常是，拢捻抹挑，交错进行，变换无穷，那四根弦，在琵琶女手里，就是她的千军万马，随时听她差遣。

臻美的效果。

白乐天笔下的琵琶手，已经成为琵琶演奏行业的顶尖标杆。她的演奏所达到的那种境界，成为中国古典音乐史的典范。从修辞上讲，白乐天用通感的手法，打通视觉和听觉，使转瞬即逝的声音，成为刻印在人们脑子里永远的线条。而如此丰富多变的声音描写，也绝对是文学史的空前。那琵琶声，如急雨，如私语，如大珠小珠落在玉盘，如夜莺叫着从花底滑过，如汩汩暗泉在冰下流动，如银瓶突破水浆迸裂，如铁骑突出刀枪相鸣，还如用力撕碎的那一声布帛！

丰富的感情。

无论哪种艺术，高手与低手，区别大都在表情达意上。

白乐天笔下的琵琶手，她的琴声，始终都饱含情思。她的所有人生感悟，都在弦上表现出来。未成曲调，已先有情，弹到后来，弦弦都在掩抑，声声都在思索。

琴弦抚不平心情，琵琶女是情感大爆发？琵琶女的身世，触动了白乐天对自己际遇的感慨？琵琶声触动了白乐天对人生对官场的思索？都有，你中有我，我中有你，一个情字，串起了整首《琵琶行》。

女琵琶演员自述的经历，让白乐天一行，感慨无限。

一个京城女孩子，十三岁的时候，就从唐朝国家音乐学院毕业，琵琶技艺已经达到最高级别。她拿到了证书，完全凭的是实力。她曾数次参加全国性的演奏大赛，她的技艺，让那些琵琶大师，统统都打了满分，这是我们唐朝难得的音乐人才啊。她每每出场，总让其他的女演员羡慕嫉妒恨，绝世美女啊，要貌有貌，要才有才。

自然，她的身后，追求的少男，或者富豪们，排成排，站成行，一场演出下来，收到的鲜花无数，打赏的银子也让人眼红。男人们争着请宵夜，酒喝到尽兴处，常常洒得漂亮的罗裙也是酒迹斑斑。

这样的生活，醉生梦死，真是让人忘记了年纪。不知年月地疯，一年又一年，好日子终于到头，容颜不长驻，逐香的人们，又去绕别的花了。门前冷落，车马稀少，所有的好日子，都成明日黄花。

这场酒喝到最后，这场演奏会开到最后，琵琶手也为白乐天一行所感动。她也有很多感慨，天下很多人的命运，其实是相似的，无论是官，是民，还是乐手，都有各自的苦衷。同是天涯沦落人，看，这位文质彬彬的江州司马，酒一直在喝，眼泪一直在流，他厚厚的蓝布衫，已经湿了一大块。

2

整首《琵琶行》中，琵琶手弹奏的曲子，有名称的只有两首，“初为霓裳后六幺”，一首是《霓裳》，一首是《六幺》。

即便琵琶演奏到最后，“莫辞更坐弹一曲”，白乐天也没有写弹奏曲子的名称。

现在，我们来说说这两首有名称的曲子。

它们都是唐代大曲，所谓大曲，往往是歌、乐、舞三位一体，连缀融合的综合艺术。它一般由散序、歌、破三部分组成。

唐代崔令钦的笔记《教坊记》，详细列举了当时流行的四十六种大曲名称：

踏金莲　绿腰　凉州　薄媚　贺圣乐
伊州　甘州　泛龙舟　采桑　千秋乐　霓裳
玉树后庭花　伴侣　雨霖铃　柘枝　胡僧破
平翻　相驼逼　吕太后　突厥三台　大宝
一斗盐　羊头神　大姊　舞大姊　急月记
断弓弦　碧霄吟　穿心蛮　罗步底　回波乐
千春乐　龟兹乐　醉浑脱　映山鸡　昊破

四会子　安公子　舞春风　迎春风　看江波

寒雁子　又中春　玩中秋　迎仙客　同心结

“绿腰”就是“六幺”。

每一种曲，都有不同的来历和故事。

先说《霓裳》。

《霓裳》，全名《霓裳羽衣曲》，这一定要先说唐明皇，李隆基。

他是此曲的创造者。

唐明皇游月宫，谁带领？有申天师、洪都客，有罗公远，还有叶法善，最著名的当数天师叶法善。

道教作为大唐国教，法曲自然是主旋律。

宋人李上交的笔记《近事会元》，卷四《霓裳羽衣曲》中，有关于此曲的来历：

> 唐野史云，明皇开元中，道人叶法善，引上入月宫。时秋，上苦凄冷，不能久留。

回于天半，尚闻仙乐。及归，但记其半曲。遂篋中写之。会西京都督杨敬述进《婆罗门曲》，与其声调相符，遂以月中所闻，为之散序，因敬述所进为曲身，名《霓裳羽衣曲》也。

虽是野史，情节却相当完整。

开元年间，唐明皇由道士叶法善引导上天，进了月宫。月宫的秋天，天气清冷，在这样的环境里，凡人是不能久待的，但是，月宫中仙乐阵阵，让人飘浮，如在梦幻。返回途中，隐隐的仙乐仍在耳边回荡。等回到人间，只记得半文曲子，赶紧找纸笔记下来。巧的是，西京都督杨敬述，这时向唐明皇进献了一首曲子，音乐专家李隆基一看，声调和在月宫中听到的差不多，于是，就将月宫中听到的做曲子的序，杨敬述进献的做曲子主体部分，两部分合在一起，起名《霓裳羽衣曲》。

但还有另外几种说法。

比如，宋代乐史的传奇小说《杨太真外传》这样记载:《霓裳羽衣曲》者，是玄宗登三乡驿，望女几山所作也。故刘禹锡有诗云，伏睹玄宗皇帝望女几山诗，小臣斐然有感：开元天子万事足，唯惜当时光景促，三乡陌上望仙山，归作霓裳羽衣曲。三乡驿者，唐连昌宫（洛阳宜阳县的离宫）所在也。

宋代王灼的笔记《碧鸡漫志》卷三这样判断：

> 《霓裳羽衣曲》，说者多异，予断之曰，西凉创作，明皇润色，又为易美名，其他饰以神怪者，皆不足信也。

不管哪一种说法，《霓裳羽衣曲》都是一种糅合性的创作，它沾着仙气，犹如仙乐。

这一下，中国音乐史上著名的曲子诞生了。

有诗为证。

《全唐诗》中，“霓裳”这个词，出现过一百多次，其中，至少有六十多次，直接写到这部大曲，有说来源，有说曲调，也有说结构，还有说配器，涉及方方面面。

唐明皇，唐玄宗，李隆基，历代帝王中，他的音乐才能和多情种子，数一数二。

3

宋代沈括的笔记《梦溪笔谈·卷五·乐律一》，让我知道了李隆基多情的源头。

唐玄宗打得一手好鼓，这种鼓叫羯鼓。羯鼓的特点是透空碎远，和一般的鼓极为不同，它可以独奏。沈括研究认为，唐代的羯鼓曲，比较著名的有《大合蝉》《滴滴泉》等，但都差不多失传了，到他这个时代，几乎没有什么人会这个了。他这样写：唐玄宗和李龟年（唐代著名音乐家）讨论羯鼓时，透露的一个细节说，他为了练习打羯鼓，打坏的鼓杖，有四柜子之多。

在我知道李隆基是打鼓高手之前，我对他的印象主要有以下几点。

运气十分好也十分坏。十分好是靠他太爷爷、爷爷和父亲的积累，唐朝到他这里，已经非常强盛，这不是他水平高，而是他运气好。十分坏是唐朝的由盛而衰，也是他造成的，最后仓皇出逃，场景非常凄惨：派出前导官沿路安排皇帝的食宿，结果前导官和沿途的县令都撇下皇帝不管，逃得无影无踪。再派使者征召其他的官吏与民众，也没有一个人响应。到了中午还没有饭吃，杨国忠只好自己去买饼给他吃。还是老百姓善良，他们看到皇帝如此悲惨，就来献食，虽然都是粗粮，但皇孙们却一抢而空。

器重宦官。他曾经这样说，没有高力士在他身边值班，他都睡不好觉。于是，从高力士开始，一大批宦官得到任用。这样的结果就是，高力士甚至代替唐玄宗阅读天下的奏章，小事就直接处理了，大事才向他汇报（谁知道高会瞒下什么大事呢）。

乱伦高手。杨贵妃原来是他儿子寿王的妃子。他想尽办法把儿媳弄到自己的床上，过程就不去说了。“脏唐”里，他的“功劳”不可磨灭。奇怪的是，他为什么会下这么大的决心，费如此大的周折，做这种事情？原来，杨贵妃除美貌以外，还有特别的天赋，就是通晓音律，唱歌跳舞样样拿手，这一点，与爱好音乐的李隆基兴趣十分相合，自然是三千宠爱集于一身了。

好了，说这些印象，你就可以看出，这个李隆基平时大概在干些什么了。凭借这样的素质，你还想让他学习唐太宗？看来，唐太宗的一系列忧虑都是白费了，他的子孙比他潇洒。李隆基的兴趣在音乐和泡妞等享受上呢！

于是，我们可以设想，李隆基第一次看到听到这个羯鼓，就异常激动，这个东西能表达他的心声，能让他放松，能让他达到想要的理想境界。俗话说了，兴趣是学习之母，兴趣会给一个人带来无限的动力！他初试牛刀，竟然博得满堂喝彩，于是信心倍增，于是不断地打啊，打啊，有空就打，没空也要想办法挤时间去打。有一天，宰相姚崇来请示任用干部的事情，李隆基就懒得理他，不理他的理由是，你宰相就不应该把这么细碎的事情拿来烦我，什么事情都要我处理，那我还要你们宰相干什么？这说明，他早就知道皇帝只要抓大事就可以了，不必事无巨细都要躬亲的。但这个羯鼓不一样，这是我最爱。我有这样的特长，为什么不发挥出来呢？皇帝就是这么任性！

我在清朝余怀的笔记《板桥杂记》中，还读到教坊梨园，也写到了李隆基的这种音乐爱好，他基本上就是一个优秀的音乐学教授，既知音律，又酷爱法曲（道观所奏之曲），《霓裳羽衣曲》就是法曲经典，他还选了极漂亮的女学生三百，在梨园亲自授课。

不幸的是，唐朝无与伦比的美好时代，就这样被他给打坏掉了。

喜欢羯鼓无罪，喜欢音乐无罪，但谁让他是皇帝呢？

4

说到李隆基的音乐才能，话题一下子多了起来。

他堪称唐朝第一音乐天才，动手能力极强。骊山有鸟名叫阿滥堆，叫声好听，他就将它的声音谱成曲，直接取名“阿滥堆”，左右皆能传唱。“至今风俗骊山下，村笛犹吹阿滥堆。”（〔唐〕张祜《华清宫四首》）

所以，他皇帝做得六七分，音乐才能却有十分，不仅鼓打得棒，戏曲学院院长做得称职，花脸也唱得好，还充分体现在对马的培养上，他能指挥人，将一匹匹野性十足的马，训练成中规中矩，听着音乐立即起舞的表演马。

公元八五五年，唐朝作家郑处诲的笔记《明皇杂录》里，就有对舞马的生动描写。

四百匹从各地精选出来的良种马，被送进了宫中，还有塞外各少数民族首领进贡来的，品质都是一流。这些马来源杂，犹如电影学院招生，人数虽少，但全是拔尖的。

这基本上就是一个超大型的舞马文工团了，这个团里，马是主角，人是配角，一切以马为中心。

每一匹马，都取有名字，靓仔，伟哥，帅小伙，全是好听的某某宠儿某某骄子，宝贵得很。训练时，分成左右两队，各有指挥。随着旗帜的舞动，音乐的节奏，马们开始做起了简单的动作，由混乱到整齐，由简单到复杂，等练到整齐划一时，场面就显得十分宏大。

李隆基将自己的生日八月初五这一天，定为千秋节，呵呵，做梦都想千秋万代。节日那天，唐都长安，勤政楼前，文武百官和长安的百姓，都可以观看这场盛大的歌舞表演，人们似乎都更期待马们的精彩表演。

舞马就这样出现在人们面前：它们身上披着鲜艳的锦绣衣服，鬃鬣也用金银装饰，还要再配上一些珠玉小挂件，盛装赛过唐朝舞娘。

年轻，身材标致，穿着淡黄色衣服，系着有花纹的玉带，一队乐手欢快上场，著名宫廷音乐——《倾杯乐》响起，马们的表演开幕。

岔开下，《倾杯乐》，谁作的曲？难道仅仅是喝酒时的表演？喝酒都需要满杯大杯拎壶冲？喝酒喝得杯子都翻倒了？不管怎样，这样的音乐节奏，一定是强烈而欢快的，犹如现代劲爆迪斯科。

四百匹马，左右两列，昂首翘尾，踏着喜洋洋的节拍，绕着全场致意一圈。随着挥舞的旗帜，前后左右，马们不断变换造型，俨然人的舞蹈。大唐山河，气象万千，物丰民富，安居乐业，哈哈，唐朝皇帝要的就是这种正能量的传播！

忽然，中间精彩动作夺人眼球：

场地中央，三层板床抬上，一勇士骑着马快速跃上板床，在窄窄的板床上旋转如飞，东西南北中，勇士和马频频向人们致意；

一壮汉举起一张板床，蹲地，站稳，一匹马迅速跃上板床，在窄窄的板床上振首嘶鸣，东西南北中，如痴如醉。

整场表演有数个小时，几十个章节，集体舞蹈，自选花样，舞马们各显神通，唐人们尽情地饱着眼福。

安禄山也喜欢看这样的表演，但是不过瘾，看着看着，就想干自己的大事了，你奶奶个李隆基，凭什么我要给杨贵妃当干儿子啊，老子骗你们呢。

安禄山的倒唐运动，轰轰烈烈，沉湎于酒色音乐中的李隆基，自然无法应付，只有往天府之国跑去了。舞马文工团，那些很有表演天赋的马，也都失业离散。没有人欣赏，职业优越感迅速消失。

在范阳，安禄山的部将田承嗣，从安那里得到了一匹失散的舞马，当然，他只是看着马的外表好看，就将它补进战马的序列，放养在马棚里。

有一天，田大将举行军中宴会，犒赏士兵。音乐一响起，那舞马就情不自禁地舞动起来。养马人一看，呀呀，不得了，妖孽，马还会跳舞，显然不是好征兆，说不定要出什么乱子呢。于是就拿着扫帚抽打舞马。鞭子打在舞马的身上，舞马以为自己表演出什么岔子了，是不是跳得不合节拍啊，是不是我没有穿华丽的表演服啊，总之，舞马更加卖力地跳着，精神十足，抑扬顿挫。

见到这样的场景，养马的小官也不敢怠慢，急忙向田大将报告。田大将认为，马跳个舞，没什么大不了的，用鞭子抽打就是了。鞭打得越来越重，舞马却跳得越来越认真，它跳得越好，打得越重，最后，舞马被打死在马槽下面。

其实，现场也有人知道，这极有可能就是宫中流落出来的舞马，但是，他们都怕田大将的残暴，唉，多一事不如少一事，舞马，打死了就打死吧。

一匹会跳舞的马，一匹有极高表演天赋的舞马，就这样死在叛军的乱棍之下。

李隆基宫廷里的舞马，只是马发展史上的一个标点符号而已，却终究成了悲剧。依我看，这悲剧在于，有才，但不为别人所知，而且，在不适合的场合显现才能，反而被认为是妖孽。说轻点，是舞马和军队的气场不对，信息沟通有欠缺，牛头不对马嘴，对牛弹琴；说重点，马不去劳作，不去打仗，光会花架子的表演，以军事为重的大将当然不需要你了！

不过，我们是不能苛求舞马的，因为“霓裳法曲浑抛却，独自花间扫玉阶”（王建《旧宫人》），那些昔日表演《霓裳羽衣曲》的宫妓，也都成了扫地的杂役，何况马呢？

5

李隆基几乎是用音乐在全方位治国呀，自然，他一定把自己灵光闪现的月宫调《霓裳》曲，视为得意之作，也确实是旷世之作，于是，全体唐朝人民都膜拜。

《霓裳》曲，始于开元，盛于天宝。

除太常署、教坊外，李隆基还专门成立梨园，在梨园中又特别成立法部，教习法曲，《霓裳羽衣曲》，就是法部最有代表性的曲目。

还有，《新唐书·礼乐志》记载：“梨园法部，更置小部音声三十余人。”换现代话说，这个部，就是童声合唱团，由十五岁以下的少年歌手组成。唐朝的专门音乐机构，都要出演《霓裳羽衣曲》，这样的宣传攻势，使《霓裳》得到了迅速传播。

于是，盛唐大国，霓裳翩翩。

白乐天是霓裳的研究专家，他在多首诗中写到此曲。又数次应邀入宫，近距离欣赏，体会最深，“就中最爱霓裳舞”。他的七言长诗，《霓裳羽衣歌（和微之）》，对《霓裳》曲的组成部分、舞姿、服装表演、节奏变化等，都做了极为细致的描写。

诗人眼里，《霓裳》全曲分为三大部分：

散序六段。“散序六奏未动衣”，这六段，没有歌舞，只是器乐演奏部分，相当于开场曲。曲调舒缓优美，“磬箫筝笛递相搀”，打击乐、吹奏乐、弹拨乐，次第发声，节奏自由，类似现代轻松的爵士乐。

中序十八段。“中序擘騞初入拍，秋竹竿裂春冰坼。”散序之后，开始起舞，讲述一个长长的月宫故事，所有的意境，也都要塑造成神话中的月宫，祥云漫浸，水袖缭绕，让人神痴意迷。

入破十二段。“繁音急节十二遍，跳珠撼玉何铿铮。”似乎从沉醉中醒来，音乐渐渐转入急促，节奏加快，舞姿奔放，循环往复，极尽酣畅，十一段后，又突然收住，曲末渐慢至散，长引一声结束。

至于《霓裳》曲的节奏，那是相当舒缓，慢板中之慢板。有多慢？“出郭已行十五里，唯消一曲慢霓裳。”（白居易《早发赴洞庭舟中作》）路都走出十五里了，《霓裳》曲才刚刚演奏完。我用应用软件乐动力计步，比较快的速度是，每十分钟一公里，那至少也得七十五分钟，我健身，速度不慢。难道是夸张？没必要，要夸怎么也得三日三秋的。

杨贵妃的贡献也不小，她根据《霓裳》曲编排而成《霓裳》舞。他们两个神仙眷侣，在音乐方面的默契，这里不展开说了，总之，舞和曲一样，都极有名，重要场合，常常是曲舞联合表演。

唐宪宗时，《霓裳》仍然很红，但是，黄巢农民起义后，它就沉寂了。“答云七县十万户，无人知有霓裳舞”［白居易《霓裳羽衣歌》（和微之）］。

白乐天被贬江州，做了小小的司马，他在浔阳江边送客的当晚，听到了琵琶女的演奏，该女来自皇家音乐机构，且又是专业出身，自然，《霓裳》《六幺》这样的大曲，应该是必修课，加上琵琶女自身的经历，犹如作家丰富的生活实践，难怪她会将这些大曲演绎得如此完美。

白乐天的大曲情结一直浓郁。

他做杭州太守时，业余时间还教官妓练习霓裳舞曲。“墙西明月水东亭，一曲霓裳按小伶。不敢邀君无别意，弦生管涩未堪听。”（白居易《答苏庶子月夜闻家僮奏乐见赠》）“两瓶箬下新开得，一曲霓裳初教成。”（白居易《湖上招客送春泛舟》）这得有多大的兴趣爱好，才能坚持下去呀。音乐就是生活，美好的音乐，能让人的精神丰富而充实。

即便，整个大唐国势，在不断往坡下走，国家主要领导，还是念念不忘《霓裳》大曲，欲借此重振国运。一个显著例证是，好几次的科举考试都曾以此为题。

五代王定保的笔记，《唐摭言》卷十五有记：“开成二年，高侍郎锴主文，恩赐诗题曰《霓裳羽衣曲》。三年，复前诗题为赋题。”

又考诗，又考赋，国家策略，生生要将《霓裳》的种子，种进全国读书人的心里，并深深渗透进唐人的社会生活之中。

政府倡导，民间喜好，大曲的种子得以不断延续，并丰富发展。

一直到五代十国和宋代，《霓裳》仍然在小范围内流行，宫廷，或者一些高级的聚会场所，经常作为特别重要的节目演出。

南唐后主李煜，音乐奇才，他凭着自己的音乐天赋，复原了失传两百多年的《霓裳羽衣曲》，堪称中国古代音乐史奇迹。

宋代张唐英的笔记《蜀梼杌》卷上中，还记载了一场小型音乐会：“王衍，字化源……五年三月上巳，宴怡神亭，妇女杂坐，夜分而罢。衍自执板唱《霓裳羽衣》及《后庭花》《思越人曲》。”

王衍是前蜀国的国主，他举行宴会，亲自执板唱《霓裳》。看来，兴趣爱好，像李隆基那样的，也不是绝无仅有。

南宋周密的笔记《齐东野语》卷十中，记载了《霓裳》舞在宫廷里演出的情况：

> 《霓裳》一曲，共三十六段。尝闻紫霞翁云，幼日随其祖郡王曲宴禁中，太后令内人歌之，凡用三十人，每番十人，奏音极高妙。

这里说到了大曲的乐节。紫霞翁尽管年纪小，但小时候记性也好，观看到的《霓裳》曲和舞，仍然记得很清楚："三十六段，融歌、舞、器乐演奏为一体，和白乐天的诗暗合。"

南宋丙午年间，著名词人姜夔，旅居长沙，在乐工的旧书中，偶然发现了《商调霓裳曲》的乐谱十八段。他还颇有兴致地为"中序"填了一首词，

《霓裳中序第一》，连同乐谱一起，被保留了下来。

晚清王国维的《唐宋大曲考》中，对大曲有详考，许多大曲舞都是循环往复，要一遍又一遍地跳，每一遍都有不同的调，跳的也不尽相同。《破阵乐》要跳五十二遍，《庆元乐》七遍，《上元舞》二十九遍。

呵，讲一个道教的神仙故事，云里雾里，总要身临其境回肠荡气才好，否则，怎么叫大曲呢？

6

宋代国家四分五裂，文化却超级发达。大曲的种子，仍然顽强延绵，因为它有良好的音乐环境。

举一个例子。

在《梦溪笔谈》的同一卷中，沈括还向我们描绘了寇准的另一种形象，他也擅长舞蹈。

寇准，封莱国公，喜好《柘枝》舞。

其实,《柘枝》舞也很有名，也算宋代大曲了，宋代官场上官妓常舞。“柘枝舞本北魏拓跋之名，易拓为柘，易跋为枝。”(〔宋〕温革《琐碎录》)看来，此舞，历史非常悠久了。

寇准与客人聚会时，一定要跳个痛快，每跳一次，一定是一整天，当时的人们都称他是“柘枝颠”。沈括采访到，当今凤翔有一个老尼姑，就是寇准当年的柘枝伎，她说:当时的《柘枝》曲还有几十遍，今日所舞的《柘枝》和当时相比，遍数不到十分之二三。

这是一个官员的典型业余爱好。记载虽然简单，但可以读出许多内容。

宋朝官员的生活很富足。有大量的冗余官员，官员生活大多奢侈，这种风气一直带到南宋的杭州城。据说，当时杭州城里有澡堂三千多所，人口百余万，是个世界级的大型城市。在这样的风气中，官员有些自己的爱好是不奇怪的，即便像寇准这样的高级官员，有个人爱好，也非特例。

因为空闲，因为富足，所以才有时间去学舞。

跳《柘枝》舞，应该是有一些难度的，官员能够显摆他能力的是，越是难的东西他做得越是出色。也许是天分，他对这种舞蹈的感觉特别好，这个《柘枝》舞完整地跳完要几十遍，那么，可以想见，酒足饭饱的时候，在众人羡慕的眼光和掌声中，他会越跳越起劲，一遍又一遍，感觉越来越好。更何况，这样的场面，会仅仅只有一些男人吗？那真太无聊了哎，绝对还有明眸善睐的女子伴着舞着，不要说抱着搂着了，那太俗气！

“颠”就是“痴”，技巧一定是精湛的，否则人们不会送上这样的称呼，要知道，寇大人可是一位重量级的官员呢。

沈括只是根据事实记叙，并没有任何的褒贬。我觉得，以寇大人的声望，他的这点爱好理所应当，应该允许官员有爱好嘛。

舞蹈绝对可以修身养性，不仅能锻炼身体，更是一种情趣。要知道，我可是利用业余时间学的噢，这是正当的娱乐活动，凡是正当的娱乐活动，我们都要支持。

你说我一玩一整天？哎，双休日，懂不懂，这是我私人的自由时间，可以自由支配的。

我会跳舞，你们不要看得太复杂了，这和苏东坡会写诗作词作画，道理是一样一样的，只不过他的爱好比较阳春，比较白雪，我的爱好比较下里，比较巴人嘛！

可以想象的是，暖风熏得官员醉，夜夜笙歌日日舞，“天子呼来不上船”。美好的大宋王朝啊！

7

再简单说一下《六幺》。“初为霓裳后六幺”,《六幺》也是唐代大曲中流传极广的一首。

白乐天的《琵琶行》中，琵琶手演奏，白乐天描写，并没有分开。想来，它们只是调名不同，表达的内容却差不多，美妙度也是一样的。《六幺》也是鼎鼎有名的。

许多资料都指证，《六幺》原来叫《绿腰》，再早叫《录要》，在唐代就有歌、大曲、器乐曲、软舞曲以及词调《六幺令》等不同的音乐形态。

宋代吴处厚的笔记《青箱杂记》卷八有：

> 曲有录要者，录《霓裳羽衣曲》之要拍，即《唐书·吐蕃传》所谓《凉州》、《胡谓》[①]、《录要》、杂曲，而今世语讹谓之"绿腰"。

也就是说，《六幺》源出《霓裳》，是简明版。

唐代段安节的《乐府杂录》中有"琵琶"一节，写了以"六幺"为主题的斗乐故事，非常有趣。

---

① 《新唐书》卷七一六《吐蕃传》作"胡渭"。

贞元年间，长安大旱，皇帝下诏，在南市举行祈雨仪式。仪式隆重而热烈，从南市一直到天门街，百姓的娱乐活动热闹非常。街东，有个叫康昆仑的乐手，琵琶弹得最好，他们认为康无敌，请他登上彩楼，弹一曲新翻羽调《录要》。见此情景，街西也建一楼，东街人就大不屑，认为琵琶高手在他们那呢。有天，康昆仑又登东楼演奏了，这时，西楼上出现一抱着琵琶的女郎，女郎对康昆仑说：我亦弹您这首曲子，请您指正。女郎一出手，声如雷，妙入神。康一下惊倒，急忙拜师。女郎更衣出见，原来是个僧人，他是西街富豪花大价钱从庄严寺中请来的，僧人姓段，专门来和东街斗乐的。

这样的音乐盛事，立即惊动了朝廷。第二天，德宗将他们都召入皇宫，让他们各自施展琵琶绝技，并要求段僧收康昆仑为徒。段大师要求康：你再弹一曲我听听。康弹完一曲，段大师问：你的琴声，怎么夹杂着邪气？康学生再次倾倒：段师神人啊，我少年初学艺，曾经和邻居的女巫祝学过，她教我《一品弦调》，后来，我换了好多任老师，就混乱了。段大师发话了：你如果要向我学，必须不碰乐器十年，忘掉原来的东西，然后我才可以教你！

这场拜师，当着皇帝的面进行，德宗特地下令：康昆仑，你就好好拜师吧。

后来，康昆仑果然学到了段大师的好技艺。

大唐人民能将祈雨都过成音乐节，朝廷对音乐又如此重视，足见《六幺》曲的影响之大。

《韩熙载夜宴图》，中国古代一幅著名的画，五代画家顾闳中所作，画中，《六幺》舞蹈，神态逼真。

这幅画的来历，充满了喜剧的味道。

南唐后主李煜不放心中书舍人韩熙载，这老韩，家里常常宾客云集，不会是搞小团体吧，今晚又有人报告，他家要举行大规模聚会，那什么，小顾，小周（文矩），你俩晚上潜入韩家，明天向我报告具体情况，我实在不放心。

小顾、小周都是画家，他们索性将场面画了下来。据他们仔细观察，参加宴会的人员有新科状元、太常博士、教坊副使、走红的歌女舞女，觥筹交错，气氛热烈，通宵达旦。

顾画将这场著名的宴会分为五个场景，第一场景，琵琶独奏。虽然没有指明弹奏的曲名，但我很自然地将其想象成《霓裳》曲，在这样高规格的场合，在这样美好的夜晚，还有什么理由不弹第一大曲呢。第二场景，《六幺》独舞，舞女长衣窄袖，扭腰回眸，男女宾客皆有人拍手击掌，看，老韩还兴致勃勃亲自打鼓伴奏呢。

《六幺》如同《霓裳》，到宋代也一直流传，但形态有了新变化，调式有所增加，最主要的是规模大大缩减，常使用“摘遍”的形式。唐大曲多至数十遍，宋代往往根据场景，按需所取，各自裁截，有的时候，只演出大曲中自“入破”到“杀衮”的一段，称“曲破”。

宋代王灼的笔记《碧鸡漫志》卷三例证：

后世就大曲制词者，类从简省，而管弦家又不肯从首至尾声吹弹，甚者学不能尽……世所行《伊州》《胡渭州》《六幺》，皆非大遍全曲。

南宋周密的笔记《武林旧事》卷一里，记载了天基圣节皇帝观看的宫廷演出：

天基圣节排当乐次，正月五日……再坐第一盏，觱篥起《庆芳春慢》，杨茂……第七盏，鼓笛曲，《拜舞六幺》……第十五盏，诸部合，夷则羽《六幺》。

在整场演出中，阵容豪华，演员众多，乐手繁多。在第二环节，《六幺》舞出现了两次。

《六幺》就是《霓裳》的录要，虽然不是回环往复，但李隆基身临其境的那种仙境，亦梦亦幻，实在美妙！暂时忘掉所有的一切，什么收复中原，那都是奢望，过好一天是一天，今朝有舞今朝舞！

8

时光的长河流，跨过元，跨过明，一会就到了清。

这里要说一个我的偶像，杭州人洪昇，他在《长生殿》里，让《霓裳羽衣曲》又一次生动地飞扬。

我迷洪昇，说来话长，得从我妈那儿说起。

我妈喜欢唱黄梅戏，在她还是如花似玉的年纪时，H老师告诉她：她不仅可以演七仙女，她也可以演杨贵妃的。只是上世纪六十年代，七仙女是劳动人民，杨贵妃是王公贵族。我妈每每说到这一段的时候，总是眉飞色舞，两眼发亮，我似乎看到了一个热爱戏曲的可爱清纯少女对扮演杨贵妃的渴望。

在我妈不断的念叨中，我也对杨贵妃向往起来了。我在想，这个唐朝美女，是怎样的风情万种，怎样和唐明皇卿卿我我，恩爱到死，死了都要爱。不过呢，那时，我们村里的人们，只知道《贵妃醉酒》，不太会知道《长生殿》，当然，编剧洪昇，更不知道了，就如现在人们看影视，只关注演员，不太会关注编剧一样。

1980年10月的某天，我钻进小树林中的浙江师范学院古籍图书馆，对一位中年管理员怯怯地说道：我想找，洪昇，《长生殿》。

管理员朝我看了看，微笑转身，拿着一本沾着点灰尘的旧书：喏，给你，登记一下，小伙子，中文系的吧。

我还是羞答答的样子：嗯。

心里默念过许多回，这是我和洪昇真正开始的亲密接触。

他自己都说了，填词四十种，一生精力都在《长生殿》。从《沉香亭》到《舞霓裳》，再到《长生殿》，十年磨一剑，剑出手，戏剧江湖风震雷动。看看，第二稿，他简直就想以《霓裳》直接命名剧本。

洪昇带着我，朦朦胧胧进入了《长生殿》：唐明皇欢好霓裳宴，杨贵妃魂断渔阳变。鸿都客引会广寒宫，织女星盟证长生殿。

我如饿狮般扑向杨贵妃。定情。春睡。禊游。幸恩。闻乐。制谱。进果。舞盘。窥浴。密誓。呵呵，真个是风流天子，好有情调，还窥浴。

唐明皇我是鄙视的，天子风流国家遭殃，他西逃。陷关。惊变。埋玉。贵妃死了，他的日子怎么过呢？冥追。骂贼。情悔。哭像。神诉。雨梦。觅魂。补恨。重圆。国事小，情事大，一切的一切，都为了一个情字。

1984 年 9 月，我在浙江桐庐的一所高中教语文。讲关汉卿的《窦娥冤》时，讲着讲着，一下子就绕到了《长生殿》，信口讲洪昇，杭州人洪昇。讲完了再自顾自感叹一回，人世间，帝王，还有这般的爱情，纵然生前不能爱，求神告佛，到天堂里再相会。其实，那时，我还没有谈恋爱，只是纸上谈兵，那些学生呢，刚上高中，虽然青春粗野躁动，表现直接，但估计也没比我懂多少。不过，他们都对洪昇很崇拜，因为，老师都这么崇拜嘛。

杭州西溪，洪昇纪念馆，一个立体的洪昇站在我面前。

有三个“月”的造型非常特别。洪昇像的背景，以新月、半月和满月烘托，解说员这么动情讲解：这是苏轼词“人有悲欢离合，月有阴晴圆缺”之寓意，暗喻洪昇跌宕起伏的一生。

是的，洪昇的一辈子，虽然大名大噪，但绝对是悲欢离合的一生。

1677 年的冬天，他拖着一家数口，投奔好朋友，武康县教育局局长郑在宜来了。洪昇看到的武康，虽离杭州不远，却只是荒凉肃杀的街市：孤城只似村，附郭百家存。且人烟稀少，还不时有猛虎出入。不过，这里有许多好朋友，没有大鱼大肉，饭可以饱，茶可以足，吟诗唱和，遍游武康，日子倒也潇洒。这一待，一直待到第二年的初秋。

2015 年 6 月 4 日，浙江德清，余英溪畔。一个微风晴朗的下午，空气中弥漫着栀子花的浓香，我和洪昇，又一次相遇。

这一次，真真切切，场景翻回到了三百多年前的某天。我问洪大作家两个问题，这问题，数十年来，一直在我心中萦绕。

我问：您的《沉香亭》初稿，是在武康完成的吗？

洪答：可以这么说。我在《长生殿》的序言里这样说：忆与严十定隅坐皋园，谈及开元、天宝间事，偶感李白之遇，作《沉香亭》传奇。事实上，那天谈唐朝旧事，只是灵感的激发而已，它需要长久的酝酿。我在武康期间，心情愉快，每天读书研究，积累了不少资料。可以这么说，《沉香亭》的许多基础工作，都在武康完成。

我接着问：您为什么拿《霓裳羽衣曲》做主线，是如何安排剧情的呢？

洪答：你读过唐朝李肇的《唐国史补》吧，里面有一则写杨贵妃影响力的笔记：马嵬坡驿站，在佛堂前的一棵梨树下，杨玉环用高力士给的一根绳子了断一生。驿站里有个老妇人，极有眼光，收得贵妃锦袜一只。住店的客人，想要看一下这只袜子，必须付一百钱才行。老妇人，因此而发家致富。

不要小看这则素材。贵妃的袜子，很多人都想一睹：贵妃的玉脚有多大？贵妃到底有多妩媚？唐明皇会替贵妃亲自穿袜吗？这只锦袜是哪里生产的？有着什么样的工艺？客人们太好奇，有的也许仅仅是想闻闻有没有贵妃的体味呢。她的神秘，兴许能通过一只袜子探出大概，不为别的，就是好奇心重。“环粉”们连一只袜子都这么追，难怪唐明皇念念不忘呢！

长生殿，一句话解释，李隆基生生死死都要和杨玉环在一起，天上人间都要和她一起唱《霓裳》舞《霓裳》！

所以，我在五十出剧中，二十出都用到《霓裳羽衣曲》，《霓裳》贯穿全剧。《霓裳》不仅仅是舞曲和舞蹈了，更是李隆基和杨玉环爱情故事的代称，“长恨”化为“长生”，李杨的情感，在天上成了永恒。

嗯，嗯，谢谢洪大师。

《长生殿》大红大紫后，洪大作家似乎有点得意忘形了，跑东颠西，参加各种戏剧节的开幕式，各种剧组摄制启动仪式，节奏也不控制一下。唉，那晚，在乌镇，他不该喝那么多的酒，运河水，就这么吞没了他！

清冷的运河水，会载着他去遥远的银河，拜见霓裳月宫里的唐明皇和杨贵妃吗？

9

2016 年 10 月 30 日，我去浙江松阳县，松阳作协主席鲁晓敏和当地作家鬼鬼，陪我爬卯山，拜望唐朝著名道人叶法善。卯山脚下，是叶的出生地，也是去世后归葬的地方。

叶法善（616—720），他活了一百零五岁，是和张天师齐名的中国著名道士。

在卯山腰，有一座永宁观，观里供奉着叶法善的塑像。四周有壁画，第一幅就是《伴君游月》。

这是一个仙乐伴奏的宴会场面。

月圆形的画面上，唐明皇，叶法善，五位仙女，都踩在五色祥云上。一张矮地宽大茶几，上有各类仙果，有杯盅，有青花壶酒瓶，一仙女双手还端着一大盆仙果。唐明皇，身着明黄亮丽龙袍，右手捏着酒杯，左手打开一个笏板，似乎在阅读乐谱，叶法师，着鲜红道袍，拍打着双手，似乎是在打节拍。一仙女抱着大琵琶，正轻拢慢捻，三仙女围绕着唐明皇，左右伴着舞，飞舞起的水袖，和祥云互为云彩。

这个场面，大约就是唐代野史和宋代诸多笔记描述的《霓裳羽衣曲》来历的经典画面了。

基于李隆基是个音乐天才，又是个虔诚的道教徒，我情愿将《霓裳羽衣曲》的来历，看作是一场天才型的创作，这是一次灵感大爆发。

李唐王朝，崇老喜仙，热衷于求神仙，迷信老子。

对于取得皇位而又没有皇室传承的朝代来说，他们第一个想到的是名正言顺，即我们来掌管这个天下是上天注定的。于是，千方百计地找关系。唐皇帝就将姓李的老子当作自己的祖先了，因为李耽的名气大啊，足够向民众炫耀，于是将老子的父亲封为先天太皇。开元开得好好的，李隆基却将年号改为天宝。其实，老子父亲是什么人，在什么时代，历史上根本没有记载，而且，李唐的先世本是陇西的少数民族，根本不像商周两代的祖先有世系可以考察。

有了如此深厚的思想基础，再加上叶法善深得信任，被他引入月宫听到天曲，也就不奇怪了。

当然是在梦中，大唐豪华的宫殿里，唐明皇经常做着白日梦。

我们登上卯山顶，这里是千年道观通天观的遗址。

观破墙基在，卯山草木深。遗址一片废墟，乱石，蓬蒿，杂树，藤蔓缠绕。几百平方米的山岗，千年道观的屋基，石生青苔，有的还有半人高。山岗中心甚至还有一口井，探头望，深幽然，井中有水，在强光的照射下，看上去黑黑的。鲁晓敏说，通天观，原是一座香火极旺的千年道观，不知毁于什么朝代，从现场的遗迹观察，颓废的年份已经很久了。

不难想象，通天观当年的盛景，道事繁荣，仙乐飘荡，《霓裳羽衣曲》一定是主题，因为它连着唐明皇，连着叶天师。

叶法善活到一百零五岁，在人均寿命三十几岁的唐朝，是个奇迹，人中祥瑞。

据当地传说，李隆基对叶天师的丧事，相当重视，命令唐朝有关机构，千里扶灵回松阳。

卯山还有一块大碑，“叶尊师碑”，这是叶法善大大荣光的标记，碑文由唐玄宗亲自撰写，太子撰写碑额。原碑早就遗失，我在碑前，仔细查看新碑，此碑由杭州著名书法家蔡云超先生书写，棱角刚正，遒劲有力。

蔡先生我熟，他擅碑文书写。他告诉我，这个碑，他写了两块，一块在松阳，一块在武义。武义和松阳接壤，叶法善也在那儿修过道，括苍山树高深幽，云雾缭绕，山峦连绵，确实是个修道的好地方。

2016年，叶法善已经一千四百岁，松阳当地，正以各种方式纪念着他。

10

文化的基因，生存总是极其顽强，如杂草，只要有些许阳光雨露，它就会茁壮成长。

叶天师虽久居长安，也常衣锦还乡，九十几岁回松阳时，他以舍宅为观，取名淳和观，唐玄宗赐名并题写“淳和仙府”，且赐戏台一座。

自然，长安城里梨园的节目，也一定要带回来，不是有这么精致的戏台吗？月宫调也是必须传授的，而且要作为道教乐曲的经典，这是恩宠和荣耀。

2007年11月，我们的报纸，报道了这样的文化新闻：

多年来流传的月宫调，松阳人说很可能就是神秘的《霓裳羽衣曲》。

演奏月宫调，至少得七人，两人吹笛，两人拉二胡，另外鼓、锣、板各一人。演奏时，锣鼓在前，丝竹乐器在两边或者后面，打竹板的在中间。演奏全曲需要六七分钟。乐队队员说：我们这里迎太保、搞庙会，都要演奏这个曲子。也不知传了多少年了。

可以肯定，这并不是《霓裳羽衣曲》的全部，或者真本，但一定有她的遗传因子，因为松阳有叶法善。

还有让我惊奇的。

这个偏僻的深山县，至今有一种高腔在传唱，松阳高腔，被赞为戏剧的活化石，唱词无定格，曲牌连缀，音乐节奏却自由，高亢，绵长，带着浓浓的唐代法曲腔调。

我采访过松阳高腔的两位研究者，松阳县高腔研究会的主席刘建超，浙江丽水学院的音乐学副教授王建武。据他们的研究，松阳高腔，它的音乐形式是对道教音乐的糅合，最主要的原因就是，道士布道，很多庄严场合都要用法曲，另外，松阳高腔的数代艺人，基本都是道士出身。当然，祖宗就是叶法善。

松阳高腔的嫡系传承人吴永明，他被称为“松阳高腔梅兰芳”，我们有过一次简单的网上交流。

我问：您是怎么喜欢上松阳高腔的？

吴答：我是传承，从小就喜欢。我父亲吴陈俊，可以演绎高腔所有的角色，我们口传心授。上世纪八十年代末，我在部队的文艺会演中，就演出过松阳高腔的折子戏。

我问：松阳高腔的代表剧目有哪些？

吴答：经过近几十年的挖掘，我们已经整理出四十多个传统剧目，比如《夫人戏》《耕历山》《白兔记》《买水记》《合珠记》等等。

我问：这些剧目中，有明显的《霓裳羽衣曲》痕迹吗？

吴答：《夫人戏》就是道教戏，主题音乐都由法曲构成。《贺太平》中的砍柴调，我认为和月宫调十分相似。

作为中国音乐家协会会员的刘建超，他也非常肯定：松阳高腔中的《渔家乐》和《霓裳羽衣曲》的相似度在百分之八十以上，许多唱腔中的骨干音，还有很浓的月宫调痕迹。

2014 年 12 月，吴永明随浙江代表团访问新加坡、印度等国，在新加坡的香格里拉大酒店，演出了《白兔记》中的一折《马房招亲》，一曲松阳高腔，生生惊及国外。

回望公元 630 年，唐朝初建，日本的舒明天皇就派出了第一批遣唐使，此后的两百六十多年间，奈良时代和平安时代的日本朝廷，一共派出了十九批次的遣唐使者。其中的使者，一定有乐师之类的音乐人才。

音乐无国界，不难想象，这些遣唐使，当他们听到《霓裳》《六幺》一类的大曲时，极有可能足之蹈之，从而将唐朝的文明远播东洋。

11

白乐天让我们记住了技艺高超的琵琶女，琵琶女带我们领略了唐朝大曲的无限神韵。白乐天用文学表现了音乐，琵琶女用琴声表现了文学。诗就是琴声，琴声就是诗，《琵琶行》和琵琶女，构成了中国古典文学史上一座伟大的丰碑。

琵琶溅起的声光碎影里，唐明皇忘情击拍，杨贵妃婀娜弄舞，众臣们整齐合掌，好一个大唐太平盛世。

渔阳鼙鼓动地来，惊破霓裳羽衣曲。

长恨，长恨。

然而，千百年来，《霓裳》的旋律一直撩拨人心。无论多么辉煌的物质文明，都会随尘而湮灭，但大曲的精神内核，却百世流芳。

初为《霓裳》后《六幺》。

《霓裳》的种子，在中国，在松阳，在广袤而绵长的千年时空里，活跃而勃发。

一平方英寸的寂静

1855年，美国西雅图酋长，为印第安土地部落的购买案，写信给富兰克林·皮尔斯总统，信里有这样两句话：

如果在夜晚，听不到三声夜莺优美的叫声，或者青蛙在池畔的争吵，人生还有什么意义？

现在，我的窗外，是机器间歇的轰鸣声，铁钻机钻钢筋水泥，滋，滋，滋，节奏达达达，强劲有力，要将硬水泥地钻通，仿佛要将你的心脏一起钻碎。

这种建筑的声音，装修的声音，在城市的随便哪个角落，随时都能听见。

几乎所有的人，都烦噪声，但又在不遗余力地制造噪声。

用科技的手段来对抗噪声，虽然小有成就，但力度并没有像人类对待癌症那样重视。

于是，我们都很向往一种环境，一种安静的环境，想那苍穹下，一望无际，满地青草和鲜花，只有蓝天和白云，还有飞鸟在陪伴我们，想采菊东篱下，悠然见南山，想门对千棵竹，闭门即深山。

这纯属奢望，要在当下的社会，找到一块安静的地方，很难，今日，宁静就像那些濒临灭绝的物种一样。

穆雷·谢弗在《世界的调音》里曾经提议，把能否听到自己的脚步声，列为城市的噪音标准之一，他的意思可以这么理解：我们居住的地方，应该安静到足以听到自己或者他人走路的声音。

然而，除了那些无人烟的荒漠高原外，各种机器就是主导我们当今世界的主要声音。

到哪里可以找到安静呢？绝对的安静肯定没有，地球上最安静的地方，应该是实验室，美国欧菲尔实验公司有个无响室，位于明尼阿波利斯的边远地带，底噪只有负九加权分贝。

尽管安静是奢侈品，但我们很多人，还是在不断寻找自然的宁静点，美国声音生态学家戈登·汉普顿也在找，他几十年，都致力于寻找寂静的声音，寻找那一平方英寸的寂静。

我将汉普顿的这种行为，当作一种实验。

2005 年 4 月 22 日，世界地球日那一天，他独自到美国奥林匹克国家公园的霍河雨林，在距离游客中心大约三英里的地方，将印第安部落长老送给他的一块小红石，放到一根圆木上，并将那里命名为“一平方英寸的寂静”，他设下这个标记，希望有助于保持和管理这个偏远荒地的自然声境。他会定期去那里，监测可能入侵的各种噪声，记录下噪声发生的时间，还尝试确认噪声的来源，再用电子邮件通知对方，向他们解释保存仅余的自然寂静声音的重要性，请他们自我约束，他还会随信附上一张有声 CD，上面有噪音入侵的实况。

汉普顿录制声音，已经超过二十五年，他的声音图书馆里，藏有 3000GB 的声音，包括蝴蝶鼓动翅膀的声音，如雷瀑布的轰鸣声，一片漂浮的叶子细微的声响，草原幼狼低柔的咕咕声，传授花粉的昆虫拍扑翅膀时带起的柔和声，等等，可以说是库纳万籁。

一平方英寸的寂静，有什么实际意义吗？在大部分不理解的人看来，这就是矫情，或者是小题大做，或者是愚蠢。汉普顿却认为，如果能保存一平方英寸的寂静，就能减少一千平方英里内的噪声污染！也就是说，大自然的寂静，是能够支配许多平方英里所在的。

他的体验是，一个安静的地方，能让人的感觉全部打开，万物也会生动起来。

汉普顿的记录告诉我们，在美国要找到连续十五分钟以上的寂静，极度困难，在欧洲，这种寂静，更是早已绝迹，现在大部分地方，已经完全没有安静的地方，反而是全天二十四小时都存在着一种以上的噪声来源。

我们来看看，这个声音生态学家的敏捷听觉。

这是一次平常的记录，在他的一平方英寸目标点。

五十英尺外，传来西方鹪鹩的叫声，四十加权分贝。

三十英尺外，传来红胸鸲和栗背山雀的叫声，四十五加权分贝。

下午一点四十五分，一架直升机，沿霍河河谷的北脊飞过，五十加权分贝。

大叶枫林里，强风从河谷吹来，每片叶子从六英尺高掉落到蕨叶上，平均会发出三十加权分贝的声响。

单只熊蜂嗡嗡飞过，音量可能在三十四至四十四加权分贝。

整个早上，他都在静静观察周遭的自然奇景，三十英尺外有一只树蛙，五十五加权分贝，它的声音几乎跟人类平常的聊天一样大，听得很清楚，缓慢，从容，清晰，类似干橡皮绞动的声音。

他开始搜寻麋鹿。他朝步道走了一小段，这时，从低矮的白珠树丛里，传来一种微弱、干脆、叮叮咚咚的新声音，他立刻静止不动。仔细搜寻后，他发现，树丛上，有一些铁杉的针叶，抬头看，它们是从一百英尺以上的高空掉落的。

在一般人眼里，做这些事情，且持续数十年，是不是有点枯燥无味呢？

呵，这得看怎么理解了。汉普顿眼中的寂静，是一块神圣的地方，他记录并极力保护那一平方英寸，是因为他比我们常人，对寂静有更深刻的理解。

他理解的寂静，有内在和外在两种。

内在寂静，是尊重生命的感觉。我们可以带着这种感觉，去任何地方，神圣的寂静，会提醒我们是非对错，即便在城市嘈杂的街道上，仍能产生这样的感觉。内在寂静，属于灵魂层次。外在寂静，是我们置身于安静的自然环境，它邀请我们敞开感官，与周围万物产生连接，无论我们望向何方，都可以看到相同的连接。外在寂静，还可以帮助我们找回内在的寂静，让心灵充满感恩和耐心。

这也许就是汉普顿和别的一些科学家不一样的地方，他是世界上最好的倾听者，卓识远见，他在用心实验，他的实验是科学和诗意的交融，他试图找出人类烦躁的病症，他似乎也是中国古代哲学良好的践行者，天人要合一，道法存在于自然中。

2016 年 4 月 30 日夜十点，窗外仍然喧闹，我读完汉普顿的《一平方英寸的寂静》，满胸起伏，在扉页上草草记下以下几句：

应当觉醒，拯救寂静，是因为寂静变得稀有，差不多快灭绝了；

寂静，是另一种独特的声音，其实也是万物俱在，空气是翅膀留下的音乐，万物都在音乐中舞动和谱曲；

人类不是世界的主宰，无论植物或动物，都在同一现场，相互依赖，任何生物都无法单独生存；

保护寂静，聆听大地的声音。

杂草的故事

我们都要将杂草除之而后快。

在水稻生长季节，有稗草混杂其间，起初，人们还识不清它的面目，拔节时，稗的尾巴就露出来了，它显然比稻粗壮，且颜色越来越青，稻已经开始谋划孕育生命，稗却只顾抢夺稻田的养分。要迅速拔掉，坚决不能让它伤害稻类。稗，虽然也是禾类，但它已是身份卑微的象征，和卑有关的词，都不怎么有地位。

稗草是典型的杂草，人们虽尽力除稗，但它仍能让自己的种子混进稻种里，在来年一起被播种。

还有野燕麦，也一样能混进麦粒中而不被发现。人们只是不断陈述杂草的危害程度，却不太了解它的前世今生，更不知道无数杂草有着怎样的命运。其实，细细体味，杂草的生长，很有些哲学含义。

英国博物学家理查德·梅比，他的《杂草的故事》，从园艺、文学、历史的角度，探究了许多杂草的来龙去脉，让我们重新审视那些不起眼的杂草。

顺着梅比的思路，我们来厘清几个关于杂草的概念。

1

杂草是出现在错误地点的植物。

这个观点，如同我们比喻垃圾，垃圾是放置错误的宝贝。因为垃圾是宝贝，所以才会有那么多的人寻宝贝，而一般人都将它当作垃圾丢弃了。

杂草也是这样，这个地方是宝贝，换个地方就成了杂草，反之亦然。

例子比比皆是：独脚金，原产地肯尼亚，它的花朵被用来铺洒在迎接贵宾的道路上，而在美国东部，却使上万亩农田颗粒无收；罗马人把宽叶羊角芹引入英国，因为它有缓解痛风的药效，还可以当食物，但两千年过去，这种植物再无药用价值，变成了英国花圃中，最顽固、最难除的令人厌恶的杂草。

2

杂草只是没有被人类驯养。

我们很自然地将叫不出名字的植物统称为杂草。

但对于那些已经知名的草，却有一种莫名的崇拜。端午刚过，许多人家门上还插着干枯了的艾叶。古罗马哲学家阿普列尤斯，他的《植物记》中，这样讲艾草：若将此草之根悬于门上，则任何人都无法损坏此房屋。关于蓖麻，他这样写：将此植物种子置于家中或任何地方，可保此地不受冰雹袭击；若将此种子悬于船上，则可平息任何暴风雨。

我居住在大运河杭州终点的拱宸桥边，运河两岸，长着无数的花草，有人工种植的，也有自然生长的，简单数数，不会少于一百种，可我只认识很少的一些。我的内心，常常将那些叫不出名的，称为杂草杂花，其实，在农艺花木专家眼里，它们大部分应该是有名字的，只是一般人不知道。

所以，被称为杂草的植物，其实遍布每一个植物类群，从简单的藻类，到森林的大树，哪里有人类，哪里就有杂草。而且，总是那些叫不出名的杂草，生长得最旺盛，即使你不去刻意照顾它，它也能吸吮雨露，沐浴阳光，长得欢快，欣欣向荣。梅比观察说，如今世界上杂草生长最繁盛的地方，正是除草最卖力的地方！

这就很值得人思考。杂草与人类比邻而居，人类与杂草保持着共生关系，它意味着，人类从杂草中得到的好处，一点也不比其他植物少。杂草是最早的蔬菜，是最古老的药材，是最先被使用的染料。《诗经》中一百多种植物，在先民眼里，就是杂草。

立即想到，我们身边的那些动物，命运也和杂草一样，是不断驯化的结果。如鸡，如狗，原来也是杂兽，长久长久的若干年以前，鸡狗和人类共处共生，慢慢亲近，最后成为朋友，谁也离不开谁。

3

杂草的可怕纯粹是人类的短视。

现实世界，危害极大的杂草确实存在，但杂草的危害，也是人类对自然世界的破坏造成的。一种植物成为杂草，且凶狠勇猛，纵横多国，是因为人类把其他野生植物全部铲除，使这种植物失去了可以相互制约、保持平衡的物种。

我们来看，世界危害最大的杂草，排名第七的丝茅。

1964—1971年间，美国向越南喷洒了1200万吨的橙剂，此剂臭名昭著，是因为它让所有的雨林树叶都脱落，美军洒剂，就是为了使越共部队无处藏身。差不多半个世纪了，当年茂密的雨林，现在仍然生长着坚硬的丝茅。每当树木脱叶，丝茅就会旺盛生长一段时间，可一旦树荫重新遮住阳光，丝茅即默默退去。越南人一次又一次烧丝茅，越烧长得越旺，他们尝试种植柚木、菠萝甚至强大的竹子，以遏制丝茅，但一次次失败，越南人骂它为“美国杂草”。

有消息说，丝茅躲在亚洲出口的室内包装里潜入了美国，如今，正在美国南部各州疯长。这是丝茅的复仇吗？

其实，丝茅是东南亚森林地表植被的组成物之一。在我们周围，丝茅到处都是，可以说，那些绿化不太好的地方，贫瘠的山沟地边，裸露的岩石上，到处都长着丝茅，顽强得很。我在中学读书的时候，节假日就割过这种茅草，收购站会收，和芒秆一样，造纸用。

丝茅青青，它的茎叶，牛羊也要吃。

中医里，草和药同源，丝茅也有药用价值，利尿，清凉。

4

杂草顽强，无所不在的生命能力，仿佛有从神话中得来的无穷力量。

英国古植物学家爱德华·索尔兹伯里，成功地将从蝗虫粪便里提取的种子种活，他还从一只红腿鹧鸪伤腿上的泥巴里，培育出了八十多种植物，他很出名的一个举动是，从自己裤脚卷边带回的零碎中，培育出了二十多种计三百株杂草。

科学表明，一棵颇具规模的毛蕊花或小蓬草，能够释放超过四十万粒种子。风滚草的种子，能在三十六分钟内萌发。千里光从播种到开花再到播种，整个生命周期，只需要六周。

种子可以休眠，两年、三年、五年、三十年，甚至三百年、数千年，一英亩的农田中，可能含有一亿粒休眠的种子。土地中杂草的种子，永远除不干净。我看过一个纪录片，说是有机构在南极建立了一个种子库，里面有数千上万种人类生活需要的种子，种子可以存活一千年以上，如果哪一天，地球发生毁灭性灾难（肯定不是球体没了），这些种子就可以帮助我们重建家园。

难怪，杂草无处不在，即便在光光的岩石上，千年的枯枝中，只要迎风有雨，就会蓬勃生长。

5

在中世纪，至少有二十种杂草被人们赋予魔鬼的恶名：春黄菊——魔鬼雏菊，菟丝子——魔鬼的线，荨麻——魔鬼之叶，蒲公英——魔鬼的奶桶。

有恶草，就会有仙草。车前草，就被称为“百草之母”，几乎所有的古老药方中，都有车前草的身影。不仅如此，车前草还是一种占卜草，相传可以帮助人们预见未来。

1694年6月24日，英国自然哲学家约翰·奥布里，他在散步时，看到二十几个女子，她们中的大部分人，衣着光鲜，跪在地上，十分忙碌的样子，像是在除草，一问，原来她们在找爱人：她们在找车前草根下的木炭，晚上把这些木炭放在枕头下，就能梦见未来丈夫的模样。

三色堇，又叫静心花，一种常见的农田杂草，却成了爱情的象征，引发人们各种浪漫的想象。它的花，像一张沉思的小脸，有两道高高的眉毛，两颊，一个下巴，上面还有看起来很像眼睛或者笑纹的细线条。原来如此。

三色堇的形状，在浪漫的法国人看来，一张脸变成了两张脸，两个嘴唇在接吻。于是，代名词和形容词如潮涌来：吻我然后抬起头来，花园门后的吻，在花园门口给我一个吻，给我一个蜻蜓点水的吻，跳起来给我一个吻，去门口迎接她然后在地下仓库里吻她。法国人似乎整天生活在感情的海洋中，太能想象了，只是一朵杂花而已。

6

孤独的野外，默默地开着的，是一朵朵不起眼的小花，因为无名，被人忽略，于是活下来撒播种子，来年，它们又子孙满地，风轻扬，倔强地生长。

杂草的故事，还有许多隐喻，人类不一定非要将自然世界拆分成野生与驯养两大部分。杂草至少在提醒我们，生活不可能整天整洁光鲜，一尘不染，人类应该像杂草一样，学会在自然的边界上生存。

此刻，雨后，我到楼下，在壹庐的院子中仔细看了看，这里也有好些不知名的杂草，摇曳婀娜，估计它们是去年藏在各种花木的泥盆里一起迁来的。都是客人，我决计不清除它们，让其自由生长。它们原本也是有名字的，就如茫茫人海中的陌生人，只是我不认识而已。

泥土去哪儿了?

建房造桥，往泥土下打个几米就碰到地球的骨头了。

泥土就是地球的皮肤。如果按人的皮肤比例来看，地球的皮肤比人的皮肤更薄，更脆弱。

1

在我读到美国学者戴维·R.蒙哥马利的《泥土，文明的侵蚀》一书前，我一直没有想过这样的问题：我脚下的泥土是从哪儿来的?

泥土从哪儿来？是地球生成的时候就有的吗？

不是的。四十亿年前，地球表面的温度接近沸点。也就是说，那个时候的地球上并没有地，只有岩石。幸运的是，这些岩石上，生长着一种嗜热细菌。你要问我，这细菌从哪里来的，我不能回答你，科学家也不能回答你。你硬要问，就会进入先有鸡还是先有蛋的圈子里去了。总之，这种细菌就那么存在着。嗜热细菌干什么呢？它们没闲着，在它们的辛勤工作下，几十亿年下来，许多岩石转变为原始土壤。它们还消耗掉大气层中的二氧化碳，地球的温度下降了三十到四十度。这些能生产土壤的细菌，是地球的功臣，没有它们，地球永远无法成为可居之地。

达尔文一生写了 16 本书，最后一本大多数人不知道，书名长长的，《树叶为何发霉，透过对蚯蚓行为习惯的观察》（我家陆地同学意译），是研究蚯蚓如何将灰尘和腐烂的树叶变成土壤的。

环球旅行结束后，达尔文回到了自己在英国的家。这位致力于昆虫及植物研究的专家，在自己家门前又有了新发现。地面上，每隔一段时间，就会出现新的地表物质，是蚯蚓拱上地面的。这些物质，与那些灰渣覆盖下的细土极其相似。地底下的蚯蚓到底在干什么呢？它们是不是在慢慢制造土壤？

自然，这又是一个疯狂的想法，达尔文的许多新发现，起初都被人们认为是疯了的想法或举动，就如他捉甲虫，手上捏一只，将另一只甲虫放进嘴巴里而遭到攻击一样。

达尔文在客厅里开始养蚯蚓来观察（自然是放在罐子里啦）。他尝试不同的蚯蚓喂食方法，并测量它们究竟能在多快的时间里将地表的叶片和灰土转变为土壤。最后，他得出结论：全英国的菜地，已经多次被蚯蚓的肠道，一遍遍地吃进排出。这个结论明确告诉人们，蚯蚓是土壤不断累积的最大功臣。

难怪，荀子在《劝学》里如此赞蚯蚓："蚓无爪牙之利，筋骨之强，上食埃土，下饮黄泉，用心一也。”蚯蚓食埃土，原来就是为了制造土壤呀，我才知道。

据达尔文推算，英国每一英亩优良土壤中，差不多生活着四百磅重的蚯蚓。他认为，是蚯蚓每年移动了英格兰和苏格兰境内几乎五亿吨重的土壤，蚯蚓是数百万年时间尺度上重塑土地的主要地质力量。

推而广之，我们脚下的泥土中，有多少蚯蚓在制造土壤？实在无法估算，但数量一定多得惊人。还有，让我们感叹的是，蚯蚓在人类出现以前，就在努力制造土壤了。

当然，用现代的视角，仔细观察一下，造土大军，不只是蚯蚓，还有许多穴居动物，地鼠、蚂蚁、白蚁，它们都会将岩石碎屑混入土壤。许多植物的根系也会将石头撑开，你看，悬崖峭壁上，往往长有许多生命力旺盛的植物，不一一列举。在风或火的作用下，许多岩石终将变成颗粒，岁月，会让它们消解，埋身成为土壤。

2

拉丁语中表示“人类”的词语是“homo”，这个词，是由“humus”演化而来，它在拉丁语中的意思为“有生命的土壤”。

土壤是我们的生命所依，循着这个思路，我想到了许多。

中国最早的农民，应该是被黄河两岸大片冲积平原上的肥沃土壤吸引而来，就如同游牧民族的逐草而居一样。我们完全能想象，先人们顶着冰川时代的寒风，闻着那散发诱人而健康的香气的泥土，用自制的石器，在生命的味道里劳作，尽管“草盛豆苗稀”，但总归还是有些收成。

司马迁的《史记·夏本纪》写了夏禹的辛勤治

水。大禹千辛万苦，千山万水，花了九牛二虎的精力，才将水患治好。其实，大禹治水，就是为了治山，水患搞得民不聊生，百姓无法生活，地也不能种，自然没有粮食可以充饥了。水患一定，天下的事情全定。

那个时候，天下初分九州，大禹就根据治水后九种不同的土壤等级来确定赋税。比如，天下第一州，冀州，那是帝都，土质最好，色白而松软，定为上上，就是第一等；比如青州，大海到泰山之间，海滨一带宽广含碱，田地多是盐碱地，田地属上下，即第三等，赋税属中上，即第四等。

这种科学管理土地的办法逐渐形成了制度。

商朝出现的井田制就是。井字形状，中心一块为公田，其余八块为私田，私田耕种，必须带上公田，这样，公私都有所兼顾。这其实是一种比较乌托邦式的国有土地制度，大大小小的奴隶主们，怎么会满足于中间那一块呢？

戴维也举例，亚里士多德的学生泰奥弗拉斯托斯，他就将当时的希腊土地分为六种不同的类型，分类的依据是核心土层之上的富含腐殖质、能为植物提供养分表土层的深浅或肥瘦。我判断，泰先生应该是一位早期的优秀农业科学家，因为他的分类已经非常科学了。

千百年来，世界各地都流传着长长的泥土故事。

《左传》里有《晋公子重耳之亡》：重耳和随从经过卫国，卫文公并没有以礼相待。他们从五鹿经过，饿得只好向乡下人讨饭吃，乡下人却捧了一块土给他们。重耳见此大怒，要用鞭子打那个人。狐偃劝道：这是上天赏赐我们土地呀。重耳一听，立即磕头致谢，收下土块。

一千七百多年后，差不多的场景，出现在了英国。1066 年 9 月，威廉以诺曼底公爵的名义夺取英格兰王位，他率领一大批追随者从英吉利海峡登陆英格兰南部，当威廉从海滩上岸时，不慎跌倒在地上，他急中生智，抓起一把土高声呼喊：我拥有了英国的土地！

泥土是百姓的衣食父母，更是王侯们的性命所在。

3

从地球的成长史中可以很容易得出一个结论：土壤不只是用来种植的，它还是一个十分严密的生态系统，泥土、植物、水，互相依存，你怎样对待它，就会得到怎样的回报，终将影响到人类自身的生存。

人类看中的土壤，起初都十分肥沃，但任何沃土，都有地力将尽的时候，待作物将土壤的地力吸尽，或者地力下降，人类便毫不犹豫将地抛弃，另觅新地。

与普通的粮食作物相比，烟草会从土壤里吸收十倍以上的氮、三十倍以上的磷，耕作过五年的烟草地，会因为土壤的营养缺失而长不出任何东西。随后，化学的力量在很大程度上恢复了土壤的肥力，但问题是，化肥的滥用，不一定能恢复土壤，因此，人类因为追求短期的目标，就在不知不觉中破坏了整个大自然的平衡。

巴尔扎克写过一本叫《奥古斯·特博尔热的〈中国和中国人〉》的书，这是他在读了法国人奥古斯·特博尔热写的《广州散记》后写的一些感想。其中就谈了土壤：从前，人们以为中国有一片国土，其腐殖土深达十五到二十法尺，学者们一向主张对一切做出解释，他们说，在地球运转中，中国周围的大山流失的土壤都被卷到了那里。最初，美国人很快就耗尽了一些城市周围腐殖土的资源，如今，乌克兰肥沃的土壤也感到消耗过度，这些都表明，土壤的肥力并不是无限的。

尽管小说家的思维有些跳跃，但表意还是明白的，他也在担忧，土地不是取之不尽的宝库。

但人类一直将土地当作阿里巴巴的宝库，只管取钱，不问存款。

但存方寸地，留与子孙耕，那只是写在书里挂在墙上的格言而已。

4

蝴蝶效应告诉我们，一个人无法阻止沙尘暴，却可以启动它。

大自然用一个个非常极端的案例来告诫人类对土地的滥用。

戴维举的这个例子，尽管发生在他父亲出生的那个年代，但仍然触目惊心：1934年5月9日，美国蒙大拿州和怀俄明州的土地，被狂风撕成了碎片，狂风裹挟着三亿多吨的土壤，以每小时一百多英里的速度向前推进；在芝加哥，平均有四磅重的尘土落到了每个人的头上；纽约州东部的布法罗，中午时分陷入一片黑暗。至5月11日傍晚，纽约、波士顿、华盛顿都有大片尘土。目击者说，从遥远的大西洋海面上望过去，天空中满是巨大的棕色乌云。

严格说来，这不是沙尘暴，应该是灰尘暴，不，是泥土暴，原因就是现代化的耕作方式，侵蚀土壤越来越厉害，土质疏松，表土流失严重，再加上干旱、风暴等恶劣气候，土壤才会毫无纪律性地在空中大部队迁移。

戴维所提供的研究资料表明，在不同条件下，一英寸土地的形成，所需要的时间并不一样：苏格兰需要一百六十年时间，美国马里兰州的落叶林地，则需要四千年。俄亥俄州的原生草原上，每英寸的表土层，则需要一千年的时间才能形成。打个比方，这六英寸的表土层，如果让雨水来剥蚀，五千年也不会剥蚀尽，而让人类耕作，三十多年就会流失殆尽。再进一步比方，以俄克拉荷马州格思里的一片沃土为例，如果种植棉花，五十年时间就可以将七英寸厚的表土层剥蚀，而生长天然牧草，则可维持二十五万年以上。

我觉得，上面的数据，也完全可以用来解释今天我们身边的土壤恶化现象。中国的许多草原，为什么没有以前绿、厚，而且还不断大片沙化？原因很简单：开发过度。

你认为绵羊很温柔吗？错了。19世纪时，小小的冰岛，却有五十万只绵羊漫步于乡间，荒原上见不到一棵树。气候恶化，过度放牧，水土流失自然叠加。如今，只有四万平方英里的冰岛，却有四分之三受到水土流失影响，七千平方英里的土地变得毫无使用价值。

其实，冰岛没什么可怜的，全球十分之一的土地正在沙漠化。

5

我们不要被资源不会枯竭或资源可以替代的假象所迷惑。

乐观主义者说，地球至少可以顺利维持四百亿人口。悲观主义者告诫，地球满打满算只能承载一百亿，或者，一百五十亿（前提是通过光合作用制造全部有机物）。无论哪种观点，都只是假设，而现实是，这个世纪末，一百亿人口就会到来，看看现状就知道，这个世界，至少还有上亿人口生活在饥饿中。如果再碰上像好莱坞大片中所虚构的那些灾难，许多人就不会这么乐观。

因为，我们正在耗尽泥土。

张伯伦警告人类：如果土壤消失，我们亦将消亡，除非我们能找到以岩石为生的方法。

若干年后，即便能找到，或者迁移火星，那又怎么样呢？其他星球和地球的土壤一样，也是有限度的。

泥土去哪儿了？但愿就在我们脚下，而不要纵横飞舞。

万物源于泥土，终将再次化为泥土。

说是这么说，但我和戴维一样，依然十分地担忧。

印加帝国陨落的隐喻

历史常有惊人之笔，一次征服，改变了一个大陆的命运。

1

1493 年，年仅十五岁的西班牙少年弗朗西斯科·皮萨罗，听到了哥伦布航海归来的消息，内心一阵兴奋，激动得有点控制不住自己，哥伦布发现的那个世界充满了异域风情，遍地的金银财宝，仿佛成熟的果子一样任人采摘，他们经历的每件事都那么神奇，小皮萨罗决定，一定要走出这个贫困的半岛，像哥伦布一样，去寻找海外广阔的世界。

皮萨罗的家乡，在西班牙西部的埃斯特雷马杜拉地区，那是一个贫穷落后的农业地区，那里的人们不善交际，不显露自己的性情，没有一点同情心，也十分吝啬。小皮从小由母亲带大，他的母亲是一个女仆，父亲根本没有正式迎娶他的母亲，因此，他永远不可能继承他父亲拥有的财产。

1502 年，二十四岁的青年皮萨罗，搭上了一条从西班牙出发的大船，前往哥伦布所说的西印度群岛的伊斯帕尼奥拉岛。此时的他，高个子，两颊深陷，肌肉发达，虽一贫如洗，没有受过教育，一字不识，却行动敏捷，他所拥有的，只是他的力量和勇气。七年后，他已经成为该岛总督统领的地方武装中的一名中尉了。三十五岁时，皮萨罗已经是一个探险队的第二号人物，他们发现了太平洋。四十四岁时，皮萨罗是新修建的巴拿马城里最重要的地主之一。但他还是远远不满足，现在的他，只拥有一个小岛，只有一百五十个印第安人，他有更大的理想，他要做总督！

16世纪20年代，西班牙大多数征服探险活动的领导者，都以组建公司的形式探险。1524年，四十六岁的中年皮，和他的两个合伙人，成立了一个叫黎凡特的公司。他们首先取得皇室的授权，许可皮萨罗为唯一有权征服未被探索的秘鲁地区的人，并明确了责任和义务：你可以自费前往秘鲁地区进行征服和殖民活动，我们皇室授予你为秘鲁总督和元帅，终生有效；你有生之年还会获得每年七十二万五千西班牙金币的薪水，但这笔钱要从殖民地获得的属于王室的收入中扣除。一句话，我们发通行证，你放手大胆去干吧，收益我们分成。

皮萨罗拿到合法许可证后，立即奔往他贫困的家乡招募征服者。他的号召简单有力，他用自身的事实，向那些有梦想的人游说，补鞋匠、裁缝、公证人、木匠、水手、商人、铁匠、泥瓦匠、赶骡人、理发师、药剂师、钉马掌的，甚至还有音乐家，纷纷聚集，就是没有职业军人。这没有关系，皮萨罗自己有的是经验。他的四个属于不同母亲的弟弟全都来了，他们兄弟五人很快成为这次探险的核心团队。

皮萨罗要大干一场了。

2

美国作家金·麦夸里，这些年一直在研究古印加帝国，他甚至在秘鲁生活了五年，在我读到他的《印加帝国的末日》（社会科学文献出版社，2017年8月版）前，他已经出版了三本关于秘鲁的书。他写秘鲁，切入角度都非常新颖，笔调舒畅。我眼前的这本《印加帝国的末日》，五十多万字，还有不少文献，但它环环相扣，读起来一点也不累，充满了惊喜。

此前，我对印加帝国只有极其肤浅的了解，我认为她就如古希腊、古埃及、古罗马一样，是一个古老而神秘的符号，含义深远。

确实，要将印加帝国的历史说清楚，是比较难的。最难的是印加人只有口述史，只有家族谱系，他们可能就是靠“结绳语”来记录历史。结绳语，你懂吧，结绳记事，用绳子打个结，不同的绳子，不同的颜色，不同的结，表达的都是不同的意思。但是，印加人被征服后，这些结绳语，很快就消失了。因此，印加人的历史，基本上都是西班牙人用西班牙文写成的。我佩服麦夸里先生，他将那些零星的历史碎片拼接起来，用他独特的发现，为我们梳理出印加帝国曾经的辉煌。

循着麦夸里的叙述，我们简单了解一下印加帝国的史脉。

大约在12500—15000年前，人类的祖先，可能通过白令海峡，第一次来到了美洲地区，因为考古学家在玻利维亚北部，发现了人类种植的马铃薯的残余物。公元前8000—前3000年，生活在今天秘鲁的人们，学会了种植，开始了在乡村和城镇中永久定居。公元100—800年，秘鲁北部沿海的第一个王国——莫切王国形成并发展，公元1400年前，秘鲁是由蒂瓦纳库、瓦里和奇穆王国分别统治。

奇穆帝国正统治得如火如荼时，的的喀喀湖边上的一个小部落，远在南方的印加王国突然开始扩张。

秘鲁的地图形象，我从小就印象深刻，南北也算狭长，有一千多英里。秘鲁的马铃薯全世界有名，仅品种就有五千多个，我高中地理课记的数字现在一直记得，因此，我将秘鲁看成是一个被咬过的马铃薯，这是形象记忆，我常用的方法。因为土地资源极其有限，各王国之间的争斗也必定十分激烈。

印加人口从来都没超过十万，因此，他们往往成为别的王国吞并的对象。15 世纪初，一个叫昌卡的王国，向弱小的印加王国杀过来，当时的印加君主叫维拉科查·印加，他年事已高，不愿意应战，选择逃跑。但他的一个儿子库西·尤潘基，却抓住了机会反击，一场灭顶之灾，变成了一场巨大的胜利。既然老子不行，那么，儿子就毫不客气地当王了，库西·尤潘基改名为“帕查库提”，这是印加王国的第二代君主。

帕查库提和他的儿子图帕克·印加，一路攻城略地，最终将奇穆帝国颠覆，安第斯山脉绵延一千多英里的国土，就变成印加帝国了。到图帕克·印加的儿子瓦伊纳·卡帕克继位第四代君王时，帝国发展如日中天，版图扩张基本完成，北至今天的哥伦比亚南部，南到智利中部，十万印加人控制了一千多万人口。

第四代君王病重时，几个儿子都可以继位，他们没有像中国古代一样的嫡长子继位观念，他们靠占卜，或者争斗。瓦伊纳·卡帕克去世后，远在一千英里以南的儿子瓦斯卡尔在库斯科继位。

不幸的是，印加帝国的第五代，帝国内部的继承者之间发生了严重的争斗。新君王瓦斯卡尔疑心病极重，他似乎不放心任何人，尤其不放心他的同父异母的兄弟阿塔瓦尔帕。于是，两支军队就打起来了，就如明成祖朱棣发动靖难之役打建文帝一样，印加帝国这两兄弟也打得不可开交，历时四年，最后，阿塔瓦尔帕大获全胜，瓦斯卡尔的整条家族血脉被斩尽：他的妻子和女儿都被杀死，连未出世的婴儿，都要被从母亲的子宫中剖出来，用脐带缠住脖子，吊在母亲腿边。一个细节让我毛骨悚然：瓦斯卡尔的主力将军阿托克，他的头骨被做成镀金的酒杯，阿塔瓦尔帕用它喝了四年的酒。

残酷的内斗，似乎也有某种暗示，印加帝国的好日子不多了。

它们的终结者，就是来自西班牙的皮萨罗和他的同伙。

3

1532 年 9 月，有三十多年和印第安人战斗经验的皮萨罗，率领着两条大船，载着一百六十八名西班牙人，其中包括六十二名有战马的骑兵和一百零六名步兵，到安第斯山脉来实现他们的梦想。

他不知道的是，印加帝国的君主，阿塔瓦尔帕，正带领着至少五万名印加勇士严阵以待。皮萨罗可能没有弄清楚，他来到的国家到底有多大。它的面积相当于三个现代西班牙，南北距离是西班牙的五倍，人口数量是西班牙的两倍。

但是，匪夷所思的现象发生了：在当年 11 月的一场正面冲突中，短短的几个小时里，西班牙人凭借攻其不备的优势，威力巨大的枪炮，锋利的武器，奇迹般地打死打伤六七千名印第安人，而他们自己没有损失一兵一卒。皮萨罗取得的更大成果是，活捉了统治一千多万人口的印加帝国君王阿塔瓦尔帕！

这场战斗，立即让我想起了明朝的一场抗日战争。

明朝何良俊的笔记《四友斋丛说》卷十一，记载了一场惊心动魄的抗日战斗，以明朝军队大败而著名。作家还用大量的篇幅，深刻反思了这场战斗失败的诸多原因。明嘉靖三十五年（1556），一支72人的日本海盗敢死队，从浙江的严州、衢州，穿江西的饶州，过安徽的徽州、宁国、太平，一直杀到南京。战斗中，明军的两个把总指挥牺牲，八九百战士阵亡，而日本海盗敢死队的72人，竟然都完好无伤。

美国学者史景迁《利玛窦的记忆宫殿》第三章，写到利玛窦了解了1550年代的中国现实：只要两三条船的日本人，就可以在中国沿海登陆，并挺进内地，占领乡镇和大城市，大肆烧杀劫掠，而几乎不会遇到什么抵抗！

同样的疑问是，强大的明帝国，为什么抵挡不住区区的几十个海盗？

这皮萨罗，似乎比日本海盗更厉害。

这场战斗，只是皮萨罗征服印加帝国的开始。接下来，麦夸里用全书三分之二的篇幅，叙述皮萨罗和印加帝国发生的各种纠葛。因为篇幅原因，我不一一细述，只列出一个大概的脉络。

1533年，印加第五代君王阿塔瓦尔帕被处死，皮萨罗将年仅十七岁的曼可·印加扶植为印加的第六代君王。第二年，皮萨罗建立了利马城。自1536年开始，印加人便开始了各种形式的反抗起义，他们和西班牙人周旋在安第斯山脉的深山里，不断地杀死入侵者。世界游击战，或许可以从此开始。1541年，皮萨罗被合伙人之一的支持者刺杀。1571年，印加帝国的最后一位君王图帕克·阿马鲁被西班牙人处死，印加帝国的首都比尔卡班巴被废弃。

此后，历史的尘埃，将印加帝国厚厚掩盖。

4

1909 年 4—6 月，俄国军人科兹洛夫，带着全副武装的军队，以科考的名义发现了中国西夏重要城市——黑水城，卷走了大量的西夏文献。

两年后，1911 年的 7 月 24 日，三十五岁的美国探险家海勒姆·宾厄姆，也来到了秘鲁，他和当地农民向导一起，沿着安第斯山脉东面的一个陡峭山坡吃力地前行。虽然有人告诉他，前面的山峰上隐藏着一个古老的印加遗迹，但他仍然不抱什么希望，他连午饭都没准备，他打算上去看一眼就回。

宾厄姆是耶鲁大学的副教授，这次考察前，他已经从向导嘴中得知一个比较陌生的名词——比丘，后来又变成“丘比丘”，后来终于确定是“马丘比丘”，印加语的意思是“古老的山峰”。向导指着山峰，眯起眼睛对他说：那里，在云端上的马丘比丘，你们会找到遗迹的。

果然，宾厄姆找到了两座建筑的废墟，都是用精心挑选的带漂亮纹理的白色花岗岩建造的，墙壁上的每块条石尺寸都惊人，至少十英尺长，一人多高，重达十到十五吨。

幸好，宾厄姆带了相机和三脚架，他当天拍了三十一张照片，后来又拍了几千张照片，连续四周，宾厄姆发现了马丘比丘、维特科斯、伊斯皮里图大草原三处印加遗址，这是他最重大的考古成果。他将马丘比丘遗迹，认定为印加人最后的避难所——首都比尔卡班巴。1913 年，美国《国家地理》杂志发行专刊，报道宾厄姆发现马丘比丘的事迹。

1955 年，美国探险家、作家维克托·范哈根出版了《太阳之路》，他提出和宾厄姆相反的观点，他认为，马丘比丘不可能是比尔卡班巴。十年后，萨沃伊、沙伦、桑坦德三人在伊斯皮里图大草原上发现了大片遗迹，他们声称，那地方就是老比尔卡班巴。1982—1984年，文森特·李夫妇，在那片被关注的大草原上，发现了四百多座印加古建筑，证明那里就是比尔卡班巴最大的聚居区。

不过，虽然另几处遗迹也非常重要，但人们一直将关注的焦点瞄准马丘比丘，因为，它是印加帝国的象征。那些壮观的石头废墟蒙上的神秘面纱，使马丘比丘一直成为世界的热点，我写这篇读书笔记时，宾厄姆揭开马丘比丘的尘封已经一百零七年了。

5

在阅读中，常常掩卷，辉煌的印加帝国，为什么会迅速陨落？有几点感受非常深刻，容我一一道来。

其一，野心扩张的前提。

殖民者空手套白狼，几张空白的委任状就使有野心的国民的热血沸腾起来了，那里有大片的土地，无数的金银，如同风险投资，风险大，收益也高，我这么武断地认为，日不落帝国及各个同盟者，殖民的手法如出一辙。而要让这些野心一个个实现，工业技术的快速崛起则是一个重大前提。

仅有野心，那只是空想、妄想。阿塔瓦尔帕绝对是轻敌致命，我数十万人的勇士，还怕你这一百多号人？然而，他没有料到的是，那些马，那些枪和炮，远远要比他的勇士们拿的长矛厉害多了。皮萨罗们是有备而来，他们输不起，他们赌上了自己的身家性命，自然，打起仗来，英勇无比。就如从蒙古大草原出发的铁木真，他们的铁蹄能够横扫半个世界，靠的也是野心和实力。

其二，黄金的诱惑。

阿塔瓦尔帕被俘后，向皮萨罗讨饶，千万不要杀他。这个时候，他的国家还有十万大军都可以听他调配呢。

皮萨罗直指要害：那你愿意给我们多少黄金白银呢？（我们来就是为了这个。）

阿君王指着关他的屋子说：我会给你一屋子的黄金，这个屋子，将会堆满各种金质器具，高度至少会到屋子的一半；然后，我还会给你两屋子的白银。（和所有的帝国一样，印加帝国也是用百姓血汗建立起来的，我就是帝国的全部，君王有这个信心。）

皮萨罗追问：那这些黄金和白银，多长时间可以准备好呢？（我们可没耐心久等。）

阿塔瓦尔帕拍着胸脯：我保证，所有这些十二个月内准备妥当。（再次印证他还是有强大的指挥权的。）

这是一间二十二英尺长、十七英尺宽的屋子，屋子高度的一半，也至少有八英尺。此后，各种金银器件，源源不断运来，一屋子的黄金，两屋子的白银，终于装满。

将金银全部熔化成块后，皮萨罗开始分配奖品：每名骑兵获得一百八十磅白银、九十磅纯度为22.5K 的黄金；每名步兵分到的是骑兵的一半。九十磅高纯度的黄金，相当于一个普通水手一百八十年的收入。皮萨罗自己所得的数量是骑兵的七倍，他还把一个一百八十三磅的金质王座占为己有。

自然，根据事前的授权书，西班牙皇室也将获得 20% 的分成，计有五千二百磅白银和两千六百磅黄金。皇室凭的就是几页纸质文件。

两年后，皮萨罗将从库斯科掠夺的黄金和白银再次进行了分配，虽然黄金没有上一次多，但白银却是上一次的四倍。

一小队入侵者，竟如此随心所欲地劫掠一个庞大的帝国，这或许是世界上风险投资收益最高的例子吧。西班牙正是从南美洲源源不断地掠夺，才成了世界强国的。

其三，反抗的持续。

世界上没有真正的征服，有征服就有反抗，历来如此。

无论侵略者用什么样的方式和技巧，比如扶植傀儡政府，但反抗依旧不断。皮萨罗扶植起来的第六代印加君王曼可·印加，四年后也成了坚决的反抗者，他带领他的军队和人民，持续不断地抗击西班牙人，许多战斗故事也都激动人心。事实上，在统治印加的十六年时间里，皮萨罗和他三个兄弟，把命都丢在了那里。

其四，文化的融合。

在皮萨罗进入印加帝国后不到三十年的时间里，1560年，在秘鲁的西班牙人已经达到了一万人，非洲奴隶也有五千人，这些人的后代肯定会和印加原住民有各种各样的混血融合。

今天的秘鲁，依然有西班牙殖民统治留下的深深痕迹：带尖顶的天主教大教堂和礼拜堂，拥有西班牙贵族姓氏、肤色略浅的秘鲁精英阶层，西班牙人和非洲人后裔，西班牙引入的牛和猪，还有更重要的，秘鲁通用语言为西班牙语，然而，大家都称它为卡斯蒂利亚语。这个卡斯蒂利亚，是一个王国的名字，给皮萨罗发授权书的是伊莎贝拉皇后，她的外祖母，就是卡斯蒂利亚的女王伊莎贝拉一世，曾经资助过哥伦布航海。秘鲁人现在都说卡斯蒂利亚语，无疑承认自己曾经是西班牙古老王国中的一员。

这意外的一种结局，不能简单地用好坏来衡量。

6

朋友楼洋刚刚从马丘比丘回来，他喜欢摄影，拍了不少好照片，他向我表达了他的震撼。现在，我正凝视着他拍摄的一张经典照片：

安第斯山峰，如刀削般陡立，薄雾缭绕，萨坎台雪山的山腰上，围抱着一个城池的废墟，废墟面积其实不大，南北长 700 米，东西宽约 400 米，远远看去，废墟像一堆复杂的儿童积木，散落在蓝天下草坪上。积木中间有比较宽阔的绿色，细看，是一些广场和屋宇的废墟，那些积木自然是一座座石头建筑，但都没有屋顶。废墟共有216座，虽大小不一，但排列有序，布局有范，有王宫、太阳神庙、街道、墓地、监狱区、拴日石，还有层层梯田，那不是种粮食的，而是用来防止山体滑坡的。

那些石头裁切得非常规整和精美，发现者宾厄姆已经有所描述，但每块石头所蕴含的故事，宾厄姆也不会知道，今天的游人们更不会知道。

这样的照片，是很容易让人进入现场的。

我在现场，想要寻找的信息是：印加人为什么要在高山上建这样一座城堡？马丘比丘的建造，用了多少人工和时间？皮萨罗将印加帝王阿塔瓦尔帕关在哪一座石头房子里呢？（虽然麦夸里已经写明了具体的尺寸，但那座房子是用来装金银的。）皮萨罗们瓜分的那些金银最后去了哪里？

宾厄姆在寻找，麦夸里在寻找，我也想寻找，我相信，全世界到过和未到过的像楼洋一样的许多旅行者都在寻找，诗人聂鲁达七十多年前就在寻找了：

千年的露水，在期待着它的树枝上，留下了透明晶莹的信息；

我想停下来，寻找那深奥的永恒的脉络，那是从前铭刻在石块上或者亲吻所分离的闪光里；

在你这里，仿佛两条平行的线，闪电的摇篮和人类的摇篮，在多刺的风中绞缠一起；

千年的空气，无数个月无数个周的空气，蓝的风，铁的山岭的空气，犹如一步步柔软的疾风，磨亮了岩石孤寂的四周；

跟我一起爬上去吧，亚美利加的爱，跟我一起吻那秘密的石块。

自然，聂鲁达有他自己的文学解读，他眼里的马丘比丘，只是一个触发点，他要借那些石头、那些废墟表达，为民族、为自由而呼：

给我沉默，给我水，给我希望；

给我斗争，给我铁，给我火山。

1943年10月12日，智利诗人聂鲁达，骑马参观了马丘比丘，两年后，他写下了共十二章题为《马丘比丘之巅》的长诗，我咀嚼并摘引这些诗句，它们并不连贯，不过，恰好表达了我的某些想法。

皮萨罗、印加帝王，所有的所有，都已云消，那些痕迹里散着借鉴的微光，只有哲人才能洞察。

马丘比丘辉煌的废墟，终究还是废墟，那些精致的条石，或裸露，或深埋，挤挤挨挨，它们就是印加帝国兴衰最好的见证者，某一天，它们也终将和古印加人一样，变成尘埃。

不管麦夸里怎么想，我是这么认为的。

延伸阅读：

1.《秘鲁征服史》，[美]普雷斯科特著，商务印书馆，1996 年 7 月。

2.《马丘比丘——印加帝国的世外桃源》，薛思伦著，中国建筑工业出版社，2016 年 1 月。

3.《印加帝国三部曲》，[法]安东尼·B. 丹尼尔著，广西人民出版社，2006 年 5 月。

为伊折枝

挟泰山以超北海，是不能也；为长者折枝，是不为也。大部分时候，我们帮助人，只是折枝而已。

1

读完《庄子》，感觉庄周什么事都讲理，说寓言给你听，讲笑话给你听，是一个不太会生气的智者。但有一次，他却为饥饿生了气，生了很大的气。

马上揭不开锅了，为一家老小计，庄周厚起脸皮，去往他做漆园吏时认识的老朋友监河侯那里借点粮。监河侯却找了个理由搪塞：好的，老兄，待我租地上的租金收齐，借你三百两如何？庄周赶了两天的路，眼冒金星腿脚乏力，自然生气了，不过呢，哲学家依旧斯文，著名的成语“涸辙之鲋”诞生了：昨天早上，我来的路上，听到了微弱的呼救声，仔细寻找，发现车辙辗出的小沟中躺着一条鲫鱼。我很惊讶地问：鲫鱼呀，你从哪里来呢？它对我说：我是东海神的臣子，请给一升水让我活命吧。我立即答应了它：好的好的，东海臣，我将往南去游说吴王、越王，再说动他们引西江的水来迎接你，这样可以吗？东海臣向我大发脾气：我只要一点点水就可以活命，您却这样调侃我，那不如直接去鱼干店找我吧！

小学老师在给孩子们讲这个成语的时候，谆谆告诫：少说空话，多办实事。还要顺带贬一下不讲情义的吝啬的监河侯。

对监河侯来说，庄周只需要几升粮食就可以渡过难关，那大量的银子，庄周眼前并不需要。而且，庄周说得很清楚，是借，不是白要。

救眼前急，是帮助人的最常见方式之一。

不吃嗟来之食，是谓接受帮助的底线。

2

现在，我们来看孔子老师帮助人的方式。

> 朋友死，无所归，曰：于我殡。(《论语》乡党第十)

因为家道中落，或者，子孙不肖，无人料理后事，孔子说：我来负责这位朋友的丧葬。

但孔子帮助人，有他自己的原则。

孔子最中意的学生颜回死了，孔老师悲伤之至：

这是老天要亡我呀，这是老天要亡我呀！见孔老师哭得如此伤心，跟随在旁的学生劝道：老师，您过度伤心了！孔老师对他们的劝理也不理：我不为这样的人过度伤心，又要为谁过度伤心呢？

这时，颜爸爸向孔老师寻求帮助来了：孔老师，我葬儿子，您的专车，能否借一下，用作运棺的礼车。孔子抹抹眼泪，却摇头不借：不行。去年，我的儿子孔鲤去世，也是只有棺而没有礼车，颜回和孔鲤都是士，依礼，出殡是不得用礼车的。而且，我将车借你做礼车，我自己就要步行送葬，我曾经做过大夫，依礼是不可以步行送葬的。

同学们要为颜回举行隆重的葬礼，孔老师也加以阻止。但这一次，同学们没有听老师的话，孔子于是感叹：颜回呀，你把我看作像父亲一样，我却不能把你看作像儿子一样。同学们做的这件不合礼的事，不是我的主意啊！

也就是说，那个时代，家贫，不应厚葬，否则就有违礼之嫌。

从理想上帮人确定，从行动上帮人矫正，一切都围绕着“仁”和“礼”两字，这是孔子认为一个理想社会中，完善人格的标配，如果有任何越界行为，都视为需要帮助和教育。

在帮助人时设置一些原则，孔子应该开了先河。

3

雅典城里，有一个人很著名，狮子鼻，厚嘴唇，暴眼睛，矮个子，他就是容貌平凡的苏格拉底。他一直自由自在地生活，白天上街聊天演说，海阔天空，东南西北，身后常常跟一大群人。青年柏拉图，每天上街，就是寻找苏格拉底。

有一天，和苏格拉底居住在不同社区的梅勒托，一纸诉状将苏告了：

梅勒托的儿子梅勒托（住于庇托斯区），控告苏福罗尼斯库的儿子苏格拉底（住阿罗珀克区）。他发誓确证以下事实。苏格拉底的罪过是：(1) 不崇拜本城邦所崇拜的神，而是介绍新的和不熟悉的宗教实践；(2) 更有甚者，他腐蚀青年。本起诉人要求给以死刑处罚。（[英] A.E. 泰勒《苏格拉底传》）

苏格拉底可以选择自愿流亡，或者交一笔数额的罚款，也有无数个机会逃跑，但他什么都不做，而是静静地等候审判。在监狱的一个多月时间里，探望他的人连续不断，甚至有不少外国人，他每天都和这些人在谈话中度过，他甚至还第一次写了一首诗来自娱。

公元前 399 年的一个残酷日子，十一人的审判委员会判处苏格拉底死刑，立即执行。日落前，苏格拉底静静地接过狱卒递过来的一杯钩吻叶芹汁，神色镇定，一饮而尽。送行围观的朋友一片哭哭啼啼，有的甚至哭得歇斯底里。双脚开始沉重，苏格拉底躺倒在草席上，并用草荐盖上了头，一阵静默之后，苏格拉底掀开头上的草荐，说了最后一句话：克里托，我们还欠阿斯库勒庇乌斯神庙一只公鸡呢，不要忘记还这个愿。

哲学家苏格拉底对死亡一定有自己独特的认识，死对一个好人来说，就是一场戏的开幕，灵魂会进入更自由的王国。更重要的是，他不越狱，不申辩，只是想用自己的死，来维护雅典法律的权威，并帮助唤醒沉睡之中的雅典民众。

果然，雅典人终于明白并懊悔了，他们处死了梅勒托，还为苏格拉底立了一座雕像。

以鲜活的生命来换取民众的觉悟和觉醒，苏格拉底用死帮助了雅典民众，也成就了自己。

4

我读南宋林洪的笔记《山家清供》，里面有一则《真君粥》，说是一道菜，其实是一种粥，但此粥却因董真君帮助人而来。

真君粥的制作方法极简单：将杏子煮烂，去核，等到粥熟了，再放进去一起煮。但此粥的来历却不简单。

真君姓董，原名董奉，三国时期名医，他和张仲景、华佗齐名。林洪说，他去庐山游玩，听说董真君还没有成仙时，种了很多杏树，丰收之年，他则用杏子换谷子，如果收成不好，就将谷便宜卖掉，灾荒之年，他救活的人很多。后来，董真君白日里升仙，当地有诗流传："争似莲花峰下客，种成红杏亦升仙。"林洪感叹：难道一定要专门炼丹服气追求成仙吗？如果有功德于众人，即便没有死，他的名字也已经进入仙簿了，因此用他的名字来命名这种粥。

这个董真君，医术高明，医德高尚，活人无数。

其实，我在读葛洪的《神仙传》时，已经知道董奉升仙的原因，但细节和林洪记叙的略有不同：董奉在庐山时，为人治病，不收钱物，但也有要求：病重治愈者，病人要在其门前栽五棵杏树，病轻治愈者，种一棵就可以。董奉妙手回春，数年之后，居然有十几万棵杏树种下。等杏子大熟之季，他便以杏换谷，然后用换来的谷子救济贫穷人家。许多穷人都是靠他得以救活的。

以种杏树代替药费，类似于政府实行的以工代赈，但董奉的个人行为，意义显然更高一层。以工代赈，毕竟是一种等价交换，而董奉想的全是施与。且这种帮助人的方式，患者举手之劳便可完成。用杏换谷救济穷人，种杏者也积下了功德，真是一举数得。

白日里升仙，虽是无稽之谈，却是民众对董奉的诚挚感赞。某种程度上，十数万棵的杏林，粉红的杏花，黄灿的杏果，也帮助装点了庐山的天空。

喝着真君粥，看着杏花林，杏林春暖，大地和人间，都充满了爱意。

5

家境贫寒的普鲁士青年费希特，迷上了哲学和神学。1791 年，他向著名哲学家康德寻求帮助。康老师颇爱才，他对费希特说：借你钱，到时候你还不出，这有损于你的道德和人格。这样吧，你写一本书，我帮你出版，你就可以拿到报酬了。费希特基于对康德批判哲学的研究，并结合康德哲学和神学领域之间的联系，很快写下了长文《试评一切天启》。康老师一看，真有水平，高兴坏了，但他又想到，费希特没什么名气，随便出版一本书，影响不会大，于是他将费希特的名字隐去，匿名出版。

此前，康德的“三大批判”（即《纯粹理性批判》《实践理性批判》《判断力批判》）已经在德国非常著名，而费希特的这本书，也带着浓厚的批判色彩，读者以为，这是康先生又一次推出的大作，于是大卖。一个适当的时候，康德亲自撰文，澄清事实并公开赞扬了费希特的著作。这样，费希特在哲学界的地位，一下子就树立起来了。

我以前写过康德，这位安静的哲学家，内心有多强大呀，一辈子没走出过他生活的镇子，每天在固定的时间和地点散步，以至于镇上的人们将其当作时间来看待，哟，康老师出来散步了，是下午的几点几点，分毫不差。而他对费希特的帮助，就是一种阔大胸怀的显现。康德大费希特三十八岁，他始终相信，年轻人的成长，合适的机会极其重要，他不仅帮助费希特出书，还推荐费到大学任教。现在，我们在看费希特成就的时候，一定会看到，康德老师对他的影响。

培植土壤，给其阳光，像对待植物一样，让其有足够的成长空间。

以这样的方式帮助人，颇似人类社会文明进步的推手，尽管力量是微弱的，但会产生楷模效应，积弱成强。

6

1919 年夏，24 岁的林语堂，已经任教清华，他申请到了去美国哈佛大学留学的一半奖学金，80 美元。那个时候，大名鼎鼎的胡适，风头正健，美国哥伦比亚大学博士毕业，在北京大学英文部教授会做主任，不过，这是个虚职，没什么实权。他听说林语堂的事情后，鼓励林：如果你毕业后肯到北大来教书，我们每月可以补助你 40 美元。但这只是胡适的口头承诺，并没有书面合同。

林语堂自然开心，高高兴兴带着夫人一起去美国留学。但那一半奖学金，再加夫人的陪嫁银元，也经不起食宿、疾病等的折腾，青黄不接时，林同学一个紧急电报打给胡适，胡适立即汇款500美元。林同学读完哈佛，又去德国莱比锡大学读博士，而此时，清华的那一半奖学金也停发了，林又一个电报给胡适，请求北京大学支援，不久，1000美元就到了林的手中。

1923年，林博士带着满满的信心，回到国内，前往北京大学英文部做教师。自然，他第一件事，就是去找胡适当面致谢。不巧的是，胡适正请假在南方养病，林于是找到蒋梦麟校长，感谢北大这么多年来对他的照顾，他这次是回来报答的。蒋校长一听情况，大吃一惊：我们北大，没有这样的奖学金计划呀，这一定是胡适本人支助你的。

无法描述林语堂当时吃惊的表情，不过，这位日后写了极好的传记《苏东坡传》的大作家，善于描写人物的内心，而他此时的内心一定五味杂陈难以描绘。

我对胡适的认识，在读了一些他的传记后，逐渐清晰起来，撇开他所有的学问，仅做人一项，就让许多人不能望其项背。

以虚拟奖学金的方式，帮助林语堂安心完成学业，而且，胡适没有在任何场合张扬过这件事，即便在自己的日记中，都没有写过。这件事的披露，还是四十多年后，晚年的林语堂，在胡适的墓前悼念，自己说出来的。他说，虽然他最后将钱还给了胡适，但这份帮助，他一辈子铭记。

胡适还帮助过顾颉刚，帮助过陈寅恪，帮助过季羡林，帮助过李敖，虽然帮助的内容不同，但方式都和林语堂的一样，有物质的，有精神的，不求回报，从不张扬。

“我的朋友胡适之”，站在对方的角度，将对方的困难当作自己的困难，设身处地，以对方能接受的方式进行帮助。他是真正的朋友。

7

下面一些帮助人的方式几乎要被人捏鼻子，但仍不时见诸公众眼前：

给人送一袋米、一桶油，拍照发朋友圈；

敬老院替老人梳个头，洗个脚，拍照发朋友圈；

书包捐赠、棉衣捐赠，还有什么捐赠，一定要拉横幅举行仪式，上报上电视；

隆重的捐赠仪式，某企业郑重举牌捐赠几亿几亿，事后一直赖账，此为诈捐；

爷爷奶奶爷爷奶奶爷爷奶奶，比儿子女儿还亲密，比孙子孙女还甜蜜，爷爷奶奶终于心软了，买下了一大堆甚至一房间的保健品；

一二三四，ABCD，甲乙丙丁，口若悬河，滔滔不绝，营销师骗你没商量。

各位看客大可以一一列举身边的见闻。

如果，帮助的目的和方式都被人诟病了，说得难听点，这种帮助就是另一种索取。即便为一己之利行善，也是博名博利，皆非良善。

太忙于做好事的人，反而找不到时间去做好事。（泰戈尔）

8

任何人都需要帮助，物质的、精神的，只是，程度和方式不同而已。

即便在大自然，一树一木，一花一草，也都离不开风雨和阳光的帮助。如动植物界的寄生现象，就是一种典型的互相帮助。

推而广之，整个世界，也是由一个帮助的循环结构组成的，极似卯榫，架构严密。你帮我，我帮你，他帮他，它帮它，一脱离，结构就散了。

雪中送炭，胜造七级浮屠。

润物无声，春风三次化雨。

滴水之恩，当涌泉相报。泉映人心，天地同谐。

认真审视一棵树

除了空气、食物和水，我想象不出，人类还有什么比树更亲密的伙伴。

泰戈尔轻声咏道：这树的颤动之叶，触动着我的心，像一个婴儿的手指。

1

我住五楼。一楼的前面有一个小环岛。小环岛上有一棵树。这是一棵树龄几十年的樟树。我不知道它来自何方，但肯定不是从苗圃来。

它独自在承担风雨。这是一棵很孤独的树。秋雨的夜晚，伫立窗前，我甚至都会听到樟树叶儿在枝头惊慌的喘息声。

有一天，我和某地产公司的营销总监聊天。他说，现在的绿化越来越难做，难做的最主要原因是，要找一些比较齐整的树，很不容易。我说，苗圃里去买不行吗？哪有这么简单啊，现在这么多的地产公司，还有这么多的地方要绿化，绿化的档次也越来越高，树很难找呢。他又说，前段时间刚刚交付的一个小区，为了找几十棵比较齐整的树，他们和园林公司的人一起，风里来雨里去，寻访了好多村庄，足足跑了大半年的时间，才凑齐了。噢，原来还有这样的故事，为了建设漂亮的小区，建设商们不惜代价到处挖树，很有点像现在的猎头公司，好树就是人才啊，好树就是他们的门面呢！

一位老家在农村的朋友也直感叹。他家院子有一棵几十年生的桂花树，由于枝繁叶茂，生命力旺盛，于是经常有人上门要求收购，而且开价越来越高，最终有一天，他老父亲再也忍不住诱惑，让人挖走了。挖树的时候，老人家是再三叮咛，这树要怎么怎么培养，这树伴了我们一辈子啊，这花开得很香很香的。唠唠叨叨，依依不舍。

这几十年来，大树进城是伴着房价一起坐高铁的。房价越涨越高，农村的大树也越来越少。以前的农村，许多地方都有怡人的田野风光，人们在田间地头劳作累了，就会傍着大树休息一下，特别是炎炎夏日，树下就更热闹了。有些村中心，有大树的地方，就是人们茶余饭后聚会的场所，东家长，西家短，嬉笑打闹，连空气中都弥漫着快乐。

现在，这样的场景很少很少了，大树们都迁走了，显然是被迁走。迁到了它们再也闻不着泥土味的城市里。那里只有钢筋水泥的气味，只有汽车的尾气和喇叭的噪声，只有闪烁而扎眼的霓虹灯。

夜深人静的时候，只要细细聆听，就会感觉到，树们很烦躁，很不安。我家楼下的那棵樟树，我确实不知它来自何处，但能体会它深深的无奈。

或曰：这都是建设的需要嘛，大树不进城，你能享受到这样的环境？

是的，只是表面上。有的时候，一种需要，会造成另一种失衡。或者说，我们在做了一个正确的决策后，同时又犯下了一个不能改正的错误。

那日到徽州，自然要去逛一下徽墨店。这个墨的发展历史，颇有点像我们现在的大树进城。

汉代的墨极其珍贵，《汉宫仪》记载说，当时做尚书令一级的大干部，每月也只发一枚大墨、一枚小墨，至于一般读书人，那是很难弄到的。为什么会这样？是因为制墨难。宋以前，制墨水平还没有长足的进步，基本上都是采用松烟为主要原料。这样制墨，实际上就是粗放型的，只选择肥腻、粗壮的古松。于是古松遭殃。宋代晁贯之在《墨经》中说："自昔东山之松，色泽肥腻，性质沉重，品惟上上，然今不复有，今其所有者，才十余岁之松。”你看，古松老松都砍光了。沈括的《梦溪笔谈》也有如此描写：“今齐鲁间，松林尽矣，渐至太行、京西、江南，松山大半皆童矣。”被毁的还不止一处地方呢。树木生长是要时间的，而伐木顷刻足够。制墨年产量的不断增大，虽然可见当时读书风气之盛，但恰恰从另一个侧面，反映了我们古人也是顾头不顾尾。固然和当时的科技有关，固然和当时的生态远远没有现在恶化有关，但这种思维方式，仍然是鸵鸟式的。

恰好读到明曹臣《舌华录》里的一则逸事：宣和年间，乐部的焦德有一天跟随宋徽宗游览禁苑，皇上指着花竹草木询问它们的名字，焦德说，都叫芭蕉。皇上诘问原因，焦德回答说，禁苑的花竹，都是从四面八方弄来的，路途遥远，一直巴望着，终于到了上林苑，都已经枯焦了。

严格说来，大树进城，抑或是南树北迁，和伐古松制墨还是有些区别的。大树毕竟只是进城，还不至于要它们的命（也有不少严重水土不服过早离世），只是它们很孤独而已。花竹是例外，它们显然已经变“殇”为“殇”了。伴随着树们孤独的当然还有广大农村的怀抱，因为，那些原来在广袤田野里和山水一起安静而自由成长的树们再也回不去了！大树搬走了，根系还在，守望的眼神自此变得日夜漫长。

2

杭州至千岛湖的公路叫杭千线，这条线中间的第51公里界碑，是我每次回老家的终点，我从小在这个叫白水的村子长大。

因城里带来的锻炼习惯，我会沿着公路边疾走。一定要经过第52公里碑，再看到第53公里碑，然后往回走，又回到第52公里碑，再回到第51公里碑。四十多分钟时间，路右边是连绵的深山，一边走路，一边观景，满眼绿色让我心情很好。

走路以碑为目标，我这么不厌其烦地一路数碑，其实是有目的。

因为，路上的里程，用石碑可以表示，用树也照样可以表示。

明冯梦龙《智囊·植槐》就有这样的记载。

北朝韦孝宽在做雍州刺史的时候，先前路旁每一里设立的记号是一个小土堠。这样的小土堆，又不是水泥浇铸，几场大雨过后自然就被冲毁了。韦到任后，经过深入考察，提出一个简单实用的办法，就是让辖区内在每个土堠处，种植槐树，如此，既免于经常修复，又方便了行人旅客。想想看，那些养路工人也轻松不少，省得大雨过后老是要去修里程。更大的作用还在于，那些树长大后，就成了一道风景，路上行人走路走得欲断脚时，依着大树乘凉歇息惬意无限。

从土堠到石碑，这并没有什么科技含量，古人如果想到了也可以用石碑的，估计是没人想到。但从土堠到以树为碑，却是一个创造，韦刺史完全可以入选北朝当年度优秀公务员的。后来，韦刺史的老大宇文泰看到了这样的事，叹息说：哪能只有一州这样做呢！于是下令各州的里程计算都种上树木。

人是绝活不过树的。嵩阳书院内的那两株古柏，据说已经有4500多年了，汉武帝将它们命名为“大将军树”，汉武帝离我们多少年了？两千多年了吧，估计他当时看到这些柏树的时候非常震撼，虽说只是命名，但也算正儿八经的封号呢。

因此，许多人心目中，那些大自然中的各色树类，其实都是有勃勃生命的。它们和我们，在同样的地球上拥有各自的生存空间，彼此应该尊重。你尊重它，它就会给你带来不尽的好处。

宋朝范忠宣公担任襄城县令时，襄城的旧俗是，百姓不从事养蚕织布，很少有人种植桑树。范公很忧虑，他想出了一个推广的办法，命令那些犯罪较轻的人，在家里种植桑树，种多少依犯罪的轻重而定，其后根据所种树木的繁茂程度再来免除罪责。当地百姓从此获利。

范公以桑树来抵刑也是一种创新，有点类似现在的缓刑，看你的表现。而且还有强有力的制度设计：你如果植树造“零”（杭州植物园为了纪念香港1997年回归，请97位电影明星栽下了97棵银杏，15年过去，没有一位明星回来看过，现在的明星林，只是一块空地），敷衍了事，只管种，不问成活，那我完全可以再把你关进去。因此，那些桑树一定会枝繁叶茂的，谁都想要自由！

我以前工作过的桐庐县政府，所在地是一所千年古寺，寺叫圆通寺。当然，我们不在寺里上班，寺没了，路还在，我们的通信地址是：圆通路5号。这个地址，就是桐庐的中南海。

然而，1370年历史不是说抹掉就抹掉的。清乾隆二十一年（1756）编撰的《桐庐县志》上有一则官司很有意思。圆通寺当家和尚很喜欢种树，寺院内外，田头路边种了上万棵。附近老百姓担心树长高后，会妨碍田地日照，影响庄稼生长，于是将老僧告了。县老爷接状问僧：您看，这个事情怎么办呢？看来县官不糊涂。老僧也不说话，埋头写了四句诗：本不栽松待茯苓，只图山色镇长青。老僧他日不将去，留与桐庐作画屏。

桐庐县政府后来南迁了，圆通寺5号又变成了千年古寺。我曾进去过一次，昔日的部委办局都变成了殿堂经所，香火暴旺，很有些感慨。

古树森森，我不知道圆通寺的哪些树是那老僧种的，但桐庐人在老僧种的大树下乘凉是无疑的。

自然，树之功绝不止于计算里程和给人乘凉。生前为人类，死后更是鞠躬尽瘁，全身奉献，这个就不去说了，大家都懂的。

3

如果想很形象地体会“盘根错节”这个成语，我建议最好到桂林阳朔的大榕树景区现场观赏。

景区核心的核心就是一棵大榕树，不，应该是一个大榕树的家族。这个据说已有 1400 多年历史的榕树家族已经很“树丁”兴旺了，树高竟达 17 米，树围 7 米多，要若干壮汉才能抱圆，而她浓荫盖地的面积，我一下子说不上来，反正我随着人潮，围着树转了好几圈，感觉有上千平方米。

我想搞清楚，此树究竟是如何生长起来的，也就是说，她的第一代、第二代、第三代至现在的第若干代，能不能明显地看出来。后来，我停下来了。停下来的主要原因是，头有些晕，根本分不清她的家族谱系，只能凭她的粗细来划分。而且，这棵榕树的神奇之处在于，她的根须垂直插地，须也长得粗壮，颇像树干了。于是，就形成了一个有趣的景观：主干不断向天空中突破，围着主干，不规则斜伸出去的树枝，可以伸得很远，就如同跑出去到亲戚家做客一样，一直往前伸，在树枝的下方，那些根须都很有序和顽强地挺进大地，也如同桥墩，托着树枝往前伸；在树枝的身上，又长出树枝，树枝的身下又插入大地，不断地往前伸，好像接力跑。根变成枝，枝又生出根，在水边的那一片空地上，互不干涉，互相勉励，极为融洽，极为欢快。

我想，如果能科学清楚地标出大榕树家族的生长路线和结构图，那一定是很有意义的事情。1400年的历史，都被浓缩在这棵不断成长的大树身上了。

安吉拉·帕莫尔，一位英国的女艺术家，用十墩巨大树桩作料，用《雨林魅影》作题，这个作品震撼了许多人。

非洲的加纳，过去的50年间，热带雨林减少了90%。对人类共同的家园遭到如此掠夺，女艺术家非常痛心。于是，她把目光瞄向了那些被砍伐后留下的巨大枯死的树桩。用意很明确，雨林是地球的肺，每隔几秒钟，地球上就要消失一片足球场那么大的热带雨林，它迟早要出大问题的。她选择了十墩巨大的树桩，每个都在20吨以上，费时费力费钱。先到英国著名的特拉法加广场展出一周；然后，到哥本哈根，让那些开联合国气候大会的人们关注热带雨林的命运；再然后，把它们都弄到牛津自然历史博物馆中，让人们永久瞻仰。你不能不震撼，从那些巨大的树桩上可以推测出，这些树都有50米以上的高度。大家想想看，这样高的树，它应该和我们和平相处的，它们多么希望能自由自在地生长和老死，热情快乐地拥抱天空。可是……这十墩树桩，仅仅是加纳那些永远逝去的热带雨林的代表，它也是全世界热带雨林的代表。

因为人们的庇护，阳朔的大榕树家族仍然旺盛地成长着，它们的生命力也许就在盘根错节中，根只有如此盘，节只有如此错，它们才能抵御一切外力而自由生长；加纳热带雨林巨大的枯树桩，它们不会白白牺牲，它们带血的伤口一定会触动许多人！

浙江绍兴的柯岩景区，有一根古时候采石留下的“石树”，孤独地挺立着，人们叫它云朵。云朵有几十米高，上粗下细。这样一根石树，伫立千年，久经风雨而不倒。为什么呢？道理很简单，它生长在大地上，它的根牢牢地扎在大地上，大地仍然在不断滋养着它。或者说，它本来就是大地的一个部分。所以，任你十级东南西北风，我自岿然屹立不动。

木之树，石之树，一个极简单的道理是，根深方能叶茂！

4

说了大榕树家族，我要来说说这些年来见到的几棵特别的树。

按拜访的时间顺序，我一棵一棵说。

2014 年 5 月 17 日，福建泉州，安溪清水岩。

这棵古樟树，名字很特殊，树根部那石条上有四个红字显眼：枝枝朝北。

主干离地十几米后，上分为四根大枝，各个肆意伸向天空。树冠高达 31 米，仰望，脖子要向后一直仰，浓郁，苍翠，枝叶相盖，蓝天白云，被枝杈切碎成影子。树围有 7 米，必须抱一抱，叶辛、赵本夫、王干，我们几个人搭着手，接了一圈，脸贴着厚树皮，闻着清香，不规则的纹路，遒劲，沧桑，罕见的粗壮。

为什么有这么怪的名字？因为它每根树枝都朝向北面。我们好奇，开始刨根问底。

我得到了两种不同的解释。

文史专家解释，枝枝朝北，这是向英雄岳飞致敬。北宋灭亡，南宋杭州苟安。许多汴京民众，人虽逃到南方，心却在北方，故土难离。岳飞抗击金兵，精忠报国，战功卓著，又点燃了南宋军民向北的信心和决心。然而，岳飞却被奸臣所害。清水岩的樟树，枝枝朝北，这是向英雄表示敬仰。樟树旁边，是三忠庙，庙里供奉着岳飞的神像。

林业工程师解释，枝枝朝北，这其实是地形的原因。考察樟树的生长环境，南面是山，狭窄，无法伸展，只有向北展枝，越长越粗，越长越顺，似乎都统一了方向。枝枝都向北方，极为少见，这也是植物和自然抗争的结果。

枝枝朝北，还连着一个人，清水祖师。

他是闽南四大民间信仰之一，全国各地有五百多座清水祖师庙，当然，安溪的清水岩庙，是清水祖师自己所建。九百多年前，他在这里修身养性，苦心营建，并广植禅林，保护生态。这棵古樟，相传就是清水祖师亲手所植。

清水岩古樟，枝枝朝北，勃发成长。它深厚的文化积淀，让我惊叹。双手合十，绕树一圈，向古樟礼赞。

2015年8月28日，长白山，大戏台河景区。

大戏台河，并不是演二人转的地方，而是满语“细塔赫”的谐音。“细塔赫”是一种体形较大的冷水鱼。

大戏台河，原来是个国有林场。林场嘛，就是看山看树看水。

杨家八兄弟树。抗联石。神女九妹瀑。红松。紫椴。红豆杉。臭冷杉。香杨。护参神树。花楸树。水曲柳。孕子神树。

树，石，瀑，植物，一路赏过。

我要说的这棵树，是百年松桦恋。

这其实是两棵树，一棵松树，一棵桦树。从根部看，松树和桦树紧紧贴在一起，不是一般的贴，几乎是同一棵树，因为看不到任何缝隙。

但是，树的两边，是两种颜色。褐色的松树粗壮一些，身材很好，笔直向上。从长相和气势上看，松树应该是男青年，他是家中的顶梁柱，顶风遮雨，呵护着桦树。那乳白的桦树，则是幸福的小妻子，身材细瘦，婀娜摇曳，面对恶劣的环境，她再不用担心。

阳刚伟丈夫，柔媚俏佳人，真正天作之合。

大戏台河，因了这一对恋人，而似整个舞台一样，都生动起来了。他们是丛林的主角，相依相拥，不离不弃，他们的情爱故事，感动了整座森林。对原始森林而言，他们相守百年，还只是树中的小青年。他们还要一直坚守下去，直至树烂枝枯，又重新融入大自然。

大自然神奇。

长白山海拔两千米左右的地方，是针叶林带和岳桦林带的自然分界处。松树和桦树本来应该分属两个群带，现在，为了生存的需要，他们却结合在一起了，共生连体，优雅而自然。松树需要桦树，桦树也需要松树，相依才能相护，共同抵御严酷。

这是唐朝的文成公主远嫁松赞干布吗？文成公主，长途赴吐蕃，肩负着重要的和亲使命，更需要坚忍的意志，吃更多的苦，才能实现民族的大同。我内心认定，它们和他们，确实很像！

大戏台河的原始丛林中，各种树木，身材皆修长挺拔，我和同行的金建祥兄几次开玩笑，那些树的身材，和他真的很像。看到金，想到树；写到树，想到金。在百年松桦树前，我突然冒出一个主意：让金建祥和他夫人，在那松桦树下做拥抱状，一定极有纪念意义。只是我和叶国珍兄等一直走在大部队的前面，金兄又将那身材同样很好的夫人远远抛在身后，可惜了。

松桦依偎，普通的共生，竟也那么从容。

2015 年 9 月 19 日，浙江临海，古长城。

临海市图书馆彭春林馆长，台州学院成教学院楼波院长，他们陪我登古长城。

我从国贸大酒店出，过马路，往中心广场，穿东湖公园，看居民在悠闲垂钓，孩子嬉戏游玩，几分钟后，直抵古长城脚下牌楼，江南八达岭，这里的古长城也小有名气。

一百九十八级台阶，陡而又陡。中间不歇脚，还是气喘。春林说，他平时锻炼的时候，是一口气跑上览胜门的。要览胜，还真得流一些汗。

在览胜亭，可以俯瞰整个临海城。楼波往山下右边指着：走过五公里后，我们从瓮城下，出朝天门，可以去紫阳古街走走。

稍许停留，即向古长城进军。长城很宽阔，条石铺路，两边都用青砖砌，等距离留有凹孔，是枪眼，可以随时举枪。逢山岭，都会筑一个敌台，上下两层，下层供人休息避风雨，上层应该是哨兵瞭望，举目四周，视线极好。

临海濒海，这些敌台，用来抗击倭寇的进攻，这里曾是明朝重要的海防线。据历史记载，戚继光在临海抗倭八年，九战九捷，他和知府谭伦一起，创造性地修建了上下两层的敌台。戚继光后来调任北方，负责长城的防务，他又将临海修长城的经验加以推广，抽调江南三千兵士，将北方长城增扩加固。

我们说着戚继光，摸过“大将军”炮，向左下方拐进了城隍庙。春林说，这里有一棵古樟，非常值得一看。

从来没有看到过如此惨烈的树：樟树下半身，只有扁扁的半爿，不，应该是薄薄如纸片。对于合抱大树而言，这薄薄的树身，仅存树皮，只有整树的五分之一左右，不知是被雷劈开的，还是碰上别的什么灾难。反正，这棵古樟，一定是在公元某年某月某日的某时，突遭此难的。

然而，它很顽强：在树片的上头，有两枝仍然爆发着生机，它靠在人工做成的假肢上，似乎有些累，似乎需要一些帮助。但是，别的樟树该有的生机它都有，一点也不逊色，青葱依旧，枝残色香。

樟树的年份已无考，但从年轮上看，应该在

六七百年以上。也许它曾经历海战的炮火，是戚继光保卫临海的见证者。

在樟树的栅栏外，人们系上不少红绸带，那是用来祈求风调雨顺、国泰民安的。

残樟无名，我叫它“樟坚强”，希望它能一直平安活下去。

2018年1月和4月，我又看到了两棵“樟坚强”：杭州富阳区桐洲岛上，一棵千年樟，上世纪六十年代，曾经火烧了七天七夜，现在几乎看不见伤痕；江西横峰县新篁办事处的山田村，有一棵樟树，只有薄薄的一片，每年依然发着新叶，如果不是特别指点，我们不会知道，这是一棵唐代就开始生长的樟树，实在让人惊讶。

枝枝朝北，是一种信仰。松桦恋，是一种坚守。“樟坚强”，是一种意志。它们历经千百年，栉风沐雨，虽然平凡，却不卑微。

5

接下来两节，我要从树的本身扯开去，一节历史，一节现代，扯远一些，你且慢慢读。

春天悄然而至。

李白赞，李花怒放一树白。

岑参叹，千树万树梨花开。

史上有两株特别的李（梨）树，必须说一说。

一株是著名的王戎李树。我不太喜欢竹林七贤中的王戎，主要是他小气。这个中国古代头号小气鬼，卖个李连剩下的核都不肯随便丢掉，还要弄碎它，唯恐长出新树让别人受益。但是，王戎七岁时的智慧却又让我深表赞赏，这个人的确有脑子。

这是一个家喻户晓的故事了。小屁孩王戎和一帮大小同学游玩，看见路旁有棵李树，果实累累，压得树枝倒垂，同伴们争先恐后采摘，只有小王原地不动。他不动的原因不是耍少爷脾气，等着人家给他送上嘴，不是这样的。他不为所动，是因为他心里有这样的判断：李树在路旁长满了果子，却没人摘采，那一定是苦的李子。果然。

另一株梨树说的是许衡。这个元代大儒，从小就有思想，让人喜欢。同样是年少时候，小许曾经在某个暑假经过河阳这个地方，路旁也恰好有棵梨树，同样的场景，同伴也在争着摘食。只有小许端坐树下，镇静自如。他镇静的原因也不是摆清高，等着人家摘给他吃，不是这样的。他无动于衷，是因为他心里有这样的判断：不是我的东西而拿取，绝对不可以！有人劝小许说：世道混乱，百姓流亡，这棵梨树没有主人呢！小许说：梨没有主人，难道我的内心也没有主见吗？

哲学家说，任何事物都可以有联系，现在我把李（梨）转换成两种有属性的存在物来分析。

假设一：这两种存在物都是私有财产。对于私有财产，虽然不是保护得那么严格，但“风能进，雨能进，国王不能进”的概念还是有一些的。西晋的那棵李树，果子虽苦，但也是有主的。某天某个人，在路旁种下了这棵李树。某人的想法是，路边栽树，既能够造福路人，也能够给自己带来一些好处。如果能结上一些李，果子成熟，拿到市场上，是不是可以卖得几枚钱呢？同样的假设，也可以让元代路边的那棵梨树成为某人私有财产，或者，此树本来就长在人家屋前，只是主人发生变故迁走了，于是变成了路旁，但性质仍然是私有财产。小王虽然聪明，但他绝对不会从这个角度想，他只是认为李子果苦而已，没必要去凑那个热闹，他可是十分喜欢吃李啊！小许却不一样，他的内心深处已经非常坚定，人家的东西，是不能随随便便去据为己有的，不管你是吃下去还是带回家。

假设二：这两种存在物都是公有财产。同样的道理，既然是公有财产，那就不能私人占有，私人去随意占有，那还叫什么公有？假如小王他们那棵李树的果子不苦呢，不仅不苦，味道还超好。那么，小王会是什么态度，以我的设想，他肯定会积极参与，否则他就吃亏了。以他的聪明劲，他应该去采摘那些果大而饱满的来满足自己。公家的东西，又没有人管理，随便摘好了。问题是你现在不去摘，过一会，人家就全摘完了。既然是公家的东西，我凭什么不摘呢？不摘白不摘嘛。你如果不摘，只会被人嘲笑傻而已。小许因为内心的坚守，不管是甜是苦，不管是公家还是私人，尽管甜得让人垂涎，不是我的，坚决不碰！

冯梦龙说，小王和小许应该都是神童，一是智慧，一是大义。我万分赞同。

就小王来说，智是外在的，是他在已有的经验上判断出来的。尽管他年少，因为他读书早，识得多，见得多，再加上比别人聪明，从而能够迅速做出异于别人的判断。从技巧上讲，他是经验类比推理，即使没有实践，也可以从书本上学到。类似的曹冲称象，乌鸦往瓶子里填小石子而取水，老鼠一只咬住另一只的尾巴倒垂偷油吃，原理都一样，都是巧妙转换、借助外力而达到目的。就小许看，义初看也是外在的，虽有人之初性本善之说，但义仍然需要后天涵养，只是因人而异。有人能养成大义，有许多人却养不成，小义也没有。而义的表现形式，有时往往被人当作智的对立面去理解，比如傻啊笨啊。所以，大义更需内心的坚定和诚实。义可以有智，但智不一定有义。

因此，我们完全可以把这两株李（梨）树，看作衡量人们行为处事的道德价值准尺，虽然无形，也足够烛照人心了！

6

樱桃树成为事件，是因为樱桃今年虽然大丰收，但主人还是忍痛把树砍了。

我们报纸的热线前几天接到D小区居民的电话说，小区里有一棵很大的樱桃树，现在樱桃熟了，很多住户都去采。主人不胜其扰，最后痛下杀手。

记者调查结果大致是这样的：11年前，主人詹先生花了38块钱买了棵樱桃树，种在一楼的院子里。过了四五年，樱桃就开始结果，但同时也不得安宁了。不安宁主要表现在这样一些方面：很多小孩大人都来摘，文气一点的，从围墙的缝缝里伸手进来摘几个，也有人索性爬上墙头，甚至翻进院子。主人对他们说，樱桃还没熟，过几天熟了再来摘，但几乎没人听。今年果结得特别多，摘的人很多拿着篮子、水果盆、塑料袋，更夸张的是，居然还有架着梯子来摘的。主人担心，万一哪个小孩摔在院子里，谁来负责？昨晚六点半，他们一家正在吃晚饭，又有六七个人闯进来，全是大人，闹哄哄的。主人出去讲了几次，根本没人理，其中一个四十多岁的女人，已经摘过四五次了。詹先生说，我都不好意思说她了，可她不觉得不好意思。一家人于是商量，砍了吧，砍了我们还能安耽点。吃完饭，七点半，他们就把树砍了。詹先生说，就在我们砍的时候，还有两个人不肯走，我一边砍，他们一边摘，一包包装了拿走。

樱桃树事件一时成了人们茶余饭后的谈资。大部分人都指责摘人家樱桃的行为，有人认为可以报警，有人认为可以迁树，但不少人认为还是把树砍了安耽。

一座文明城市出现这样的事确实有点让人遗憾。但是，我认为这不是偶然，我们并不能据此指责人们的道德水平低下，还有更深层的原因。

我想用两个设想来试着解释这个事件。

不妨把樱桃树设想成一个公众人物。樱桃红了，而且丰收，自然引起人们的关注。猩红的樱桃，让人馋涎欲滴，市场上要卖三四十块一斤呢！就如一个公众人物，经过家长若干年的培养，突然有一天红了，而且出场费也很高，人们自然关注和喜爱。伴随着关注和喜爱，一些非理性的举动也会随之而来。和摘樱桃不同的是，人们会用另一种形式摘公众人物的果子。比如狗仔队对他们一举一动的捕捉，让你一刻也得不到安宁。总之，关注你的人比苍蝇臭虫还让人讨厌。谁让你红了，而且这么红。樱桃也是红，人家才不管你是不是私产呢？反正，你红，我们就要吃你！从这个角度讲，樱桃红了，人人都有喜欢的理由。

再不妨把樱桃树设想成一个公共财产，尽管上一节中已经有了这样的假设，但这里也非常贴切。公共财产的最大特点是，它属全社会所有，谁都有份，而谁都没有份。有份是因为和所有纳税人都有关系，没份是因为这个财产要有充足的理由才可分配。公共财产，是大家的，但大家又不能随便拿，这依据的就是一种先前设定的制度。詹先生家的樱桃红了，而且前几年就红了。这里，詹先生对管理这棵樱桃树存在着制度缺陷，墙缝里手伸进来就可以摘到，这不好。如果公家的东西，很容易被拿走，而又不追究责任，那么，十个人九个人要拿的，不拿的那个反而会被人嘲笑。詹先生为什么不把围墙修成手伸不进来的呢？围墙修好了，不仅手伸不进来，即使翻墙也翻不进来。就是说，不管大人小孩，没有我的同意，你是进不来的。对于架梯子这样的大胆行为，确实太过分，不报警，起码也可以让物业出来制止。有了制度保障的公共财产理论上是比较安全的，至于现实中出现的某些不安全事件，关系也不大，那些不安全事件的主要责任人，法律会让他们付出应有的代价。

这两个设想，不是说那些摘詹先生樱桃的人，没有一点责任。什么时候，人们懂得如何全面尊重别人，遵守约定俗成的规则，我们的社会才会更加和谐和进步。樱桃吃了也就吃了，樱桃树砍了也就砍了，但樱桃树事件应该可以载入公民道德课本的，否则真是可惜了这个上好的素材。

7

那日，去绍兴宋六陵参观，南宋六位皇帝葬此。然而，我并无见到气势浩大的陵墓，偌大的陵园，只见一些古松，低矮泛绿的，是一垄垄齐整的茶树。我数了数，只有八棵老一点的松树，也只有二百来年的时间。南宋的皇帝，和他们的江山一样，命运不济。

想着皇帝们的命运，注视着那些松树，又浮想联翩。

先前，坟上种什么树，是有规矩的。

宋代赵令畤的笔记《侯鲭录》卷第六，引《春秋纬含文嘉》说：天子坟高三仞，树以松；诸侯半之，树以柏；大夫八尺，树以栾；士四尺，树以槐；庶人无坟，树以杨柳。

三仞，周制一仞八尺，皇帝的坟，高度应该十米不到。一直到士，一米多点。老百姓的坟，绝对不能露很高，否则就违法，不管你多有钱。

松柏，常青不落叶，常常用来形容品格高洁。大夫和士，不管品行有多好，也只能种一般的栾树、槐树，落叶乔木。

孔林中，哪怕是同宗，能树碑的，只有七品以上的官员孔。平民孔，只能是一抔黄土，加几棵柳树罢了。

那杨柳，田边地边，水旁河旁，随地生长，虽满树枯枝，二月春风一剪，粒粒绿绽，率先报春。

柳树下，三两茅舍，炊烟袅袅，酒旗幌子，在夕阳下摇动，这家客栈，在迎候旅人的到来。这些旅人，贩夫走卒，一定都是普通百姓，官家去的都是高级宾馆。月上柳梢头，人约黄昏后。在这样的环境下约会，庶人平民，想想也是幸福的。

坟上为什么要种树，除了树的象征意义外，我猜测主要有两个方面。

人类对树的自然崇拜。古人虽没有完全弄清，人从树上下来的演化过程，却也知道，人和树的关系一定密切，树极有可能，是人类除山洞以外的第二个理想栖息场所。从哪儿来，到哪儿去，死了，也自然留恋树。

另外，树也是人类取之不尽用之不竭的重要衣食来源。风雨茅庐，那柱子，那篱笆，那树皮，树叶，哪一样都是温暖的屏障。春夏秋冬，人类可以从树上摘得各类鲜果，树也是哺育人类的母亲。

清代作家钱泳的笔记《履园丛话》卷五《景贤·乡贤一》，说了一个孝子，在父母坟前种树，发家致富的有趣故事：

有个姓蔡的老翁，以前，他家里很穷，靠帮人打工为生，家里仅种田一二亩，以此度日。父母去世后，他就在家的原址上将父母安葬。墓建好，土堆上，周边全都种上松树、楸树，并且编织好篱笆，将坟围起来，村人都不理解，笑他痴。

两三年后，松树、楸树逐渐成长，树下长出不少鲜菌，当地人都叫它松花菌，价格非常不错。这菌每天都长个不停，他早上摘个一两筐，到集市卖，能得数百文。如此十余年，他居然积资千金，以之买田得屋，有田数百亩，成为远近闻名的小富翁。

在我看来，蔡翁的发家史，其实就是一部孝顺史。

父母在，不远游，安心务农，虽然日子艰难，但能尽孝，这也是实在的日子。

父母去世，精筑墓，树成荫，他们也能长久地安息。

上苍对孝顺之人、老实之人，回报是丰厚的。

这一切，是蔡翁事先都计划好的吗？很难说是计划，不如看作是好人的福报。即便是计划，那也是以孝顺为前提的，这需要孝心加时间，长久地忍耐和培养才行。

这一个坟上树的故事，默默无闻，却充满温馨，中华民族的优秀传统，草蛇灰线，伏脉千里。

1980年7月下旬，高考通知书即将发放，我情绪低落，外公却一直比我自信，不断鼓励，认为我一定考得上。30日晚，知晓高考通知的前一天晚上，我亲爱的外公，突发脑出血离世。父亲在外公的坟前，四周，种了一片杉。如今，杉木早已成林。清明扫墓，祭奠完毕后，我们常在林边小憩，缅怀外公。

1980年9月，我去浙江师范学院中文系读书。

教我们宋词的，是叶柏村教授。虽是小个子，但声音的磁性十足，略带沙哑的那种磁性。叶老师是国内著名的宋词研究专家，每每兴致所至，常常会吟唱。词的咏唱，我后来听了不少，大多字面上的激情有余，远没有叶老师那么有味道。叶老师说，好的宋词，在宋代就是流行音乐，会被人一遍一遍反复咏唱。

比如他吟柳永的《雨霖铃》，古韵长腔，抑扬顿挫，我们似乎都和柳永一起在码头，在长亭，共同见证那悲切凄苦场面。柳永不过是一场普通泡妞后的伤感，而叶老师的咏唱中，仿佛加进了唐明皇对杨贵妃的那种刻骨铭心的爱，还有人死不能复生再也不能见面的哀怨。

1991年，叶柏村老师去世。他有遗嘱，他爱师大，请求将他的骨灰，埋在师大老图书馆附近的一棵扁柏下，不留姓名，所以，知道的人极少。我们回母校，总要去追思一下，扁柏已经长大，我们站在树前思念，叶，柏，村，有叶，有柏，有村（浙师院1985年改浙师大，地处金华高村）。树如人，扁柏的清香，伴着叶老师磁性的声音，又清晰地回响在耳边。

世移时移，坟大多变成了碑。起先，树荫碑，碑掩树，不用多少时日，树就成林，成景，碑则成了符号。矮碑高树，那些逝去的灵魂，与大地同绿，与大地共生。从这个角度说，宋六陵成为一片松林和茶园，也算好事。

8

树是人们居住的依靠，有树的地方，就有荫凉，搭几根梁，扎一个棚，草屋落成。先在门前栽几棵树，再在村前村后种一排树、一片树。转眼间，那一片树，就成了一山的树，森林就长成了，它是人们的聚宝盆、取款机。

我在萧山益农，杭州最年轻的小城，一个从钱塘江海涂上围起来的小城里，就看到了一大片的聚宝盆。

这个聚宝盆，四万多人口的小城掌门人毛夏云，叫它“围垦森林”，他很自豪：这个名字是我取的，益农的这片森林，沙地上的森林，整整五平方公里，浙江省独一无二，全国也少见，它既是园林，更是森林，卖出去就是钱，长在地里便是风景。

我们的车，沿着风景里的宽阔便道，蜗行，像在大广场里，将军检阅着各个方阵的战士，紫薇、红叶石楠、皂角、龙柏、红枫、白杨、罗汉松、红花继本、红叶李，依次而来，它们向我们抬手敬礼，一株株皆长得粗壮结实，根扎沙地，健康活泼。虽是初春，虽然寒冷，它们仍然朝气蓬勃，似乎都在整装待发，只听一声号令，时刻准备奔向战场。

我在一排紫薇树旁停下，细细观察。

这些紫薇，树龄不会超过十年。钱塘江边，初春微弱的阳光，被江雾遮得朦胧羞涩。紫薇们光着栗色身子，虽然细直，小枝杈却直向天空。它们似乎在比赛，经过一个冬天的力量积蓄，即刻就想要爆发。

我们是不能小看这些幼稚园式的紫薇树的，人会很快老去，紫薇却可以生长得很久很久。

我老家的田野里，两山夹着一块小平原，田角有一棵紫薇祖宗树，已经一千多年，杭州市十大古木之一，盗挖它的人，还被判缓刑二年。现在，它仍在栉风沐雨，花开花谢，迎接韶光。

走过一段，又看见了数片海棠小丛林，浮想联翩。

苏轼和陆游，都有诗赞海棠。

东坡诗云：“只恐夜深花睡去，故烧高烛照红妆。”苏看海棠看不够，白天看，晚上看，夜深了，弄个烛灯还要赏。人世间，没有无缘无故的爱，这么喜欢一种花，一定是有缘由的，估计海棠懂他复杂的心思。

放翁诗云：“虽艳无俗姿，太皇真富贵。”陆的眼中，海棠艳美，高雅。这海棠，就是眼中的杨贵妃啊，唐明皇看来看去看不够，恨不得时刻含在嘴里。

我盯着海棠看，现在，它们没有叶子，看着有点像樱桃树，枝条虽朝天四散，但枝上仍有饱满的小粒，似果，又似花蕾。我想，这些海棠小丛林，马上就会浓妆艳抹的，叶会像梨树叶，圆而饱满，花会如大朵白色茶花，十朵百朵压枝低，你过花下，定会香风阵阵。

我眼里，这些树和我们相伴，人和树，相依为命。

有人和我不一样，别出心裁观察花树。宋代作家陶穀的笔记《清异录》卷上，就有《花经九品九命》，将一些主要花树，如人间官场，一一分类。

蜡梅、岩桂、碧桃、垂丝海棠、杏、樱桃、梅、杨花、梨花、千叶李、桃花、石榴、紫薇、海棠、山茶、杜鹃、刺桐、木槿、石竹等一百多种花树，都被一一授予不同品级，垂丝海棠排三品，海棠排六品，紫薇也是六品，都不小了，这些花树，围垦森林里，基本都有。

站在益农小城边的朝阳闸上，俯瞰望不到边角的围垦森林，杂花生树片片，小河波光点点，风景连着风景，让人无限遐想。

忽然，一张树叶子，悄悄地搭着你的肩，停在了你的臂膀上。你转眼一看，会心一笑，心顿时痒痒起来。

其实，每一棵树，都是有思想的，它们向大地表达愿望，它们也仰望星空。谢谢火焰给了我们光明，我们始终不可忘记那些活生生的群树。如果群树愁苦，我们也终将痛苦不堪。

苜蓿记

特别说明，本文不是写苜蓿的植物记，说的是菜，其实也不仅是。

1

我极喜欢《战国策·齐策》里的“冯谖弹铗”，这个故事情节的生动性曲折性，一点也不亚于司马迁写的人物列传。

齐国的穷书生冯谖，托了关系，总算投奔到孟尝君的门下了，不过呢，他是有心计的，他要看看孟尝君是不是值得他投靠。第一步，应该不错，冯谖进门时，孟曾经问过介绍人两个问题：冯有什么爱好？冯有什么才能？都没有，只是当食客，找个吃饭的地方。孟也不计较，他养士千人，不差这一个。

你想啊，这样一个吃白食的人，断不会得到人家的重视，只有粗茶淡饭罢了。过了不久，这冯谖，开始了他的三步骤。他的动作全部是这样的：靠在门边，拿着长剑，一边弹着剑，一边发牢骚唱歌。而三次牢骚的内容却一次比一次要求高：剑啊，我们回家吧，在这里，鱼都没得吃（注意啦，蔬菜肯定供应充足，只是没有荤菜，但苜蓿肯定没有）！剑啊，我们回家吧，在这里，车都没得坐！剑啊，我们回家吧，在这里，我没有办法养家！要使冯谖三次牢骚逐渐升级，一定要以不断满足为基础，孟尝君都笑着一一满足，给冯谖吃鱼的待遇，给冯谖配车的待遇，给冯谖老母亲养老。

至此，冯谖已经完全享受高级人才的待遇了，孟尝君满足冯谖的要求，一来他经济实力雄厚，二来，他确实是养士，这么多的士，真不知道哪一些人特别有才能，这要看关键时刻。

冯谖开始崭露头角，是在孟尝君贴出告示之后，这个告示的内容是，让一个懂会计的人，替他去封地薛城（今山东股县城南）收债。冯谖应征，让孟大吃一惊，原来这人还真有水平的，于是连忙接见了冯。一阵寒暄，一阵抱歉，气氛不错。临行前，冯问：债收齐后，买些什么东西回来呢？孟交代：你看着办吧，府里缺少什么你就买什么。

冯谖矫命焚债券，替孟收买民心，孟尝君并不高兴，但他没有继续追问。

直到有一天，孟尝君被齐王罢官，去了他的封地薛城，望着赶了百里地来迎接他的百姓，他才真正理解了冯谖的用意。

冯谖不愧是个人才，不，奇才。他后来替孟尝君去游说梁王，梁王重金三聘，孟坚拒，齐王认错，重新重用孟尝君，孟为相几十年都太平无事。

冯谖的三次牢骚是有底气的，他装愚守拙，藏而不露。同时，他也碰到了好领导，如果不是孟尝君的宽容大度，这段佳话也成不了，极有可能，在冯谖发第一次牢骚时就被赶出去了。

2

一千多年后，果真有一个人，如冯谖一样，因吃饭问题，发了第一次牢骚就被赶走。苜蓿正式登场。

这个人就是唐朝的薛令之。

唐朝开元年间，东宫太子身边的官吏，生活清苦，薛令之实在忍不住了，就写了首《自悼》诗发发牢骚：

朝日上团团，照见先生盘。盘中何所有？苜蓿长阑干。饭涩匙难绾，羹稀箸易宽。只可谋朝夕，何由保岁寒？

这首诗，估计是题在墙上的。某天，恰好李隆基来东宫视察，一看太子老师的诗，一下子火了，立即在薛诗边上题了四句反讽：

啄木嘴距长，凤皇羽毛短。若嫌松桂寒，任逐桑榆暖。

薛老师看到了，吓得要命，赶忙辞职回乡。

也不能怪李隆基心胸狭隘，薛令之的这首诗，确实有点问题。

太阳上来了，照得整个餐厅通亮，餐桌上那个装菜的盘子，特别显眼，因为盘子里只有稀少的一点点苜蓿。没有好菜，真是难下饭呀，这样的日子，怎么过得下去呢？

没有好菜，饮食确实清淡，但薛令之，太子的老师，他的思想境界，不会这么低下吧，没有好菜，就不干了？

我不知道薛令之的祖上在哪里，会不会就是孟尝君的故里薛城？但他的脑子里，一定熟知冯谖的故事，那么，我也学学冯谖，说不定有转机。不想，李隆基不是孟尝君。

我有点奇怪的是，这苜蓿，我们江南叫草头，紫云英，鲜嫩的叶子，清炒，煮羹，适量加点油，应该是不错的开胃菜，薛令之为什么以此来叹苦呢？

前几日读南宋林洪的笔记《山家清供》，里面有一则《苜蓿盘》，讲的就是这件事，林洪写道：

每次看到薛令之这首诗，都不知道苜蓿为何物。偶然和宋雪岩一起拜访郑墅钥，看到他种着苜蓿，于是从他那里得到种子和烹饪方法。苜蓿的叶子绿紫色，带点灰，能长到一丈多长。采摘后，用热水焯一下，用油炒，适量放些姜、盐，做成羹来吃，都别有风味。

林洪看样子也是书呆子，大地上这么多的常见的苜蓿，他也不认识。不过，他揣摩出了薛令之写《自悼》诗的别意：唐代许多贤才都被贬谪过，薛也是怀才不遇，才发出“食无余”的感叹。

原来是借口，和冯谖一样，都是借口。只是，李隆基没有孟尝君有眼光，不仅不留人，还嘲讽：这个老薛，书呆子一个，你嫌待遇差，那就另就高明吧。不留！不送！

要是我，看了这样的嘲讽，也不敢再待下去了，弄不好，随时找个借口，分分钟可以将你弄死。

唉，借一盘苜蓿隐喻，竟然导致如此黯然而隐，真是有点倒霉。

苜蓿自然没有错，苜蓿自西汉引进中国后，两千多年来，依然很鲜艳而愉快地生长着，任何时候。

3

其实，李隆基倒也没有那么薄情。话说薛令之回到故乡，建安郡长溪西乡石矶津（今福建福安市溪潭镇廉村），李隆基还是给他安排了类似于退休工资一样的待遇。薛虽然贫穷，依然按照在东宫时的工资标准，按月取酬，绝不多取一文。

安史之乱，乱了盛唐，也成就了太子李亨。李隆基一路向西逃去，李亨却在灵武继了位，成了唐肃宗。太子回到长安后，想起了当年的老师，立即派人征召薛令之，委以重任。不想，薛老师已经逝世好几个月了，死时，家徒四壁。肃宗大悲，于是赐老师居住所在乡为“廉村”，溪为“廉溪”，山为“廉岭”。

越一千里地，我去廉村景仰，那里早已成著名景点。

紧挨着302省道的，就是薛令之故里。

唐中宗神龙二年（706），薛令之北上长安应试，成了福建的第一位进士。自隋朝开科取士，整整一百年来的福建第一人，这是何等的荣耀啊。后面的几年，唐王朝内室动荡不安，各方都要争权，薛应该没什么大作为。不过，有一点可以肯定，他和李隆基的关系应该不错，不然的话，李隆基登位后，不会让他做谏官，不会请他做太子侍讲。当时还有一位侍讲，就是大名鼎鼎的贺知章。

这位号称明月先生的薛令之，写了好些书，如《明月先生集》《补阙集》，均没留世，现存的也只有少量的几首诗而已。

有一首《唐明皇命吟屈轶草》，可以证明李隆基是比较欣赏谏官薛令之的。某次，玄宗命群臣吟《屈轶草》（传说中的一种仙草），薛令之就借草能指奸佞的特性，在诗中表达了忠诚和正直：

托荫生枫庭，曾惊破胆人。头昂朝圣主，心正效忠臣。节义归城下，奸雄遁海滨。纶言为草芥，臣为国家珍。

请注意最后两句，纶言，帝王诏令的代称，如果将皇帝的话都当作草芥的话，那么，臣子就是国家的珍宝。

由此说来，李隆基开始的时候，还真是想做一番事业的，胸怀也博大。

也许就是这首诗，给薛惹来了麻烦。宰相李林甫和太子李亨关系不好，而你又那么以廉洁正直自喻，这不就得罪了李林甫了吗？于是，薛令之这些老师们，自然受到排挤了。如果皇帝仍然关心朝政，那也没事，问题是，后期的李隆基不敬业了，意见听不进，奸臣当道，当薛老师借苜蓿说事时，他就大大生气，也就正常不过了。

薛令之的故里，已经远非他那个时候的草堂了，现在的名人故居，都是修了再修，明清城墙、鹅卵石道、古建筑、古码头、古雕刻、古官道等等，皆有情调。不过，薛令之少年时候的读书处，灵岩草堂，还是一个不错的去处，矮矮的青山下，草堂隐在一圈围墙里，黑瓦白墙，檐角飞翘，草堂下有沟坎，长满乱草，一只长水槽，斜躺在草丛中，应该是喂猪的猪槽。阳光下，青草特别鲜，草堂也特别亮，唐朝苦读的少年身影，和这里的环境很配。

我一直在寻找苜蓿，这个晚春的季节，应该是苜蓿花盛开的。可惜的是，前面的田野里，也没见到常见的苜蓿。

4

薛令之因《自悼》诗辞官归乡后，普通的苜蓿，迅速成为为官清贫和廉洁的代名词，薛也被誉为“苜蓿廉臣”。这个典故常为后代引用。曾在宁德（福安属宁德市）做过主簿的陆游，就写有“饭余扪腹吾真足，苜蓿何妨日满盘”的诗句，表示要以薛令之为榜样，每天清炒苜蓿就满足了。

惊蛰过后，冬天撒下的苜蓿种子，就会慢慢将田野铺绿，继而很快会溢满整个春天。鲜嫩的苜蓿，“苜蓿廉臣”，皆为物质和精神之良品。

《论语》课堂之《学而》

公元前479年4月11日，曲阜城春寒料峭，冷风刮在人脸上依然生疼，城北的洙水河边，已经泛青的柳叶，齐齐垂下了脑袋，它们在为一位哲人哀悼。这一天，孔子去世。

孔子去了，孔子的故事正式开始。

弟子们遵礼守丧。25个月啊，一日为师终身为父嘛。日子是单调的，却不枯燥，同学们每天在都在回忆孔老师的教诲，他编过哪些书，他做过哪些事，他讲过哪些话，他唱过什么歌，他因为什么事开心了，他什么时候生气了，都一一回忆，细细梳理。还有，同学说的经典语句，也都要记下来。

曾参、有子，你们年轻，你们找弟子负责记录吧。

天不生仲尼，万古如长夜。

二十篇论语，篇篇闪光。

《论语》大教室的黑板报上，永久张贴着孔老师评出的各科先进同学：

德行优良者：颜渊。闵子骞。冉伯牛。仲弓。

言语杰出者：宰我。子贡。

政事擅长者：冉有。季路。

熟悉文献者：子游。子夏。

己亥初春，陆布衣老师讲《论语》，试解《学而》如下。

“学而”今年差不多有2570岁了，公元前551年9月28日，它和孔子一起诞生。

学而时习之，读书人终生的使命。

“陆学而”将要来到我家。嘉嘉的预产期是4月20号左右，我替未出生的孙孙命名为“学而”，我希望，他（她）带着夫子的气息而来，无论男女，无论长相，无论富贵，健康平安，智慧有修养就好。（补记：2019年4月14日，晨六时半，我在缙云的“岩下时光”民宿，还没起床呢，陆地同学急急电话报喜：小瑞瑞来了，顺产，六斤一两，母女平安。瑞瑞是她奶奶早就取好的小名，我祥，她瑞。瑞瑞大名陆修蕴，陆地和嘉莉自己取的。哈，他自己的孩子自己做主。不过，修蕴和学而并不冲突，通过努力钻研学问和品行，用来藏蓄智慧和才华，通过不断学习并经常践习，都是修炼自己行为的良好方法和途径。）

我问：学习并且时常温习，是一件快乐的事吗？

百分之一百零一的同学回答：复习考试，一点也不快乐。

夫子应该不会说错，否则，古今读书人一定不会将它当作使命的。使命是什么？使命就是责任，强烈的责任；使命就是需要耗尽你毕生的心血去完成的任务，没得讨价还价。

那我们理解一定有误。

时，偶尔；习，实践。将学到的东西，偶尔用到实践上，那不是一件快乐的事吗？嗯，这还差不多。屏幕上常见各种名人演说，听听蛮激动，飞机上挂水壶，高水平，细细一考究，原来，都是将学到的东西，贩卖一下而已。贩古贩今，贩东贩西，他们的本事在于，“学而时习之”。大把大把的银子进账，自然“不亦说乎”啦。

巧言令色，鲜矣仁。

巧言令色的人，你身边找找，一下子会冒出不少。怎么脸型都有点相似呢？皮笑肉不笑，或者，挤出的笑容，堆在窄脸上，足有几斤重。

敲重点，鲜矣仁。缺少真诚的心意，这就击中了要害，一个缺乏诚意的人，你还能指望他什么，他只能讲讲你喜欢听的话。而这些话，大多如草原上跑动的浮云，一会儿遮东，一会儿盖西，就是不落下雨点。

曾参出场了。

这位小孔子四十六岁的曾学生，一张嘴，就说出了千古名言：三省吾身。

三省，也就是三问吧：为人做事有没有尽到心？和朋友交往有没有失信？老师教的东西有没有复习好？

是一日三次反省自己吗？肯定不止，必须每日多次，从早省到晚，周而复始，这样反省累吗？你说累吗？起先累，后来就不累了，再后来，不反省，就浑身难受。蒙古族作家鲍尔吉·原野和我说，他每天晨起跑步，无论何时何地，无论寒暑风雨。我赞叹：哥，您真有毅力啊。他笑：不跑难受。

我去江西婺源县江湾镇，那里有一座“三省堂”。老屋很大，房间很多，清中期的古建筑，如果不是这个堂号，这样的老房子，人们是不太会关注的。况且，这房子也不是曾参的后人建造，但人们来此，大多是为了曾参。我猜测，中国各地，以“三省堂”命名的房子，应该会有不少，它是铸造优秀品格必不可少的原材料。

曾子是如何炼成的呢？

说来话长长的，我慢慢讲。

《先进》篇的最后一节，子路，曾皙，冉有，公西华，在夫子面前各言其志。

最潇洒的曾皙，他的志向最著名：莫春者，春服既成，冠者五六人，童子六七人，浴乎沂，风乎舞雩，咏而归。

曾皙显然比子路他们志高一等，他将天时地利人和全融合在一起，自得其乐，随遇而安。夫子大赞，原因就是，曾皙的志向，是全方位的，儒家需要这种充满人间烟火味的情怀。

曾皙比孔老师只小了六岁，虽是洒脱之人，但性格上显然比较成熟。

这么个温文尔雅的人，教育他的孩子，却严厉得很。

某次，曾皙让儿子去瓜地锄草，儿子不知道怎么回事，一边锄草，一边还想着其他的事，也许，昨天晚上的功课还不熟练，他的心思还在课本上呢，锄着锄着，就将一棵瓜苗给锄掉了。这下不得了，曾皙随手拿起一根棍子，重重地打了儿子一棒，儿子当场昏死过去。

曾皙是恨铁不成钢，老子打儿子，天经地义。

儿子也不是那么好惹的。

儿子苏醒过来后，也不埋怨父亲，他平静地理了理散乱的发髻，走到瓜地边，从容地坐下来，“鼓瑟而歌”。父亲是弹瑟高手，儿子自然也会。也就是说，曾皙的儿子，在遭到父亲暴打后，依然平静弹瑟唱歌，像什么事也没有发生一样。

曾皙看着儿子的举动，一时竟不知道说什么好。

孔老师听说这件事后，评论道：父亲打儿子，轻轻地打，那就算了，如果重重地打，儿子一定要跑开。曾皙的儿子，被父亲暴打却依然受之，这是陷曾皙于不义呀，这不是孝顺的做法。

曾皙想来还比不过这个儿子呢。

该儿子还有更让人不解的举动：曾皙极喜欢吃羊枣，他儿子就忍着不吃。枣不好吃吗？肯定不是，一定是枣太好吃了，儿子觉得，老爹这么喜欢吃，咱做儿子的，就别和他抢着吃了，让他多吃点，多吃点。

有一天，风和日丽，曾皙家的织布机有规律地响着，门前却突然热闹起来，有人跑来告诉曾皙的妻子：哎呀，不得了了，你儿子在街上杀了人，因为和人吵架。曾妻头也不抬，依然两手紧握布梭，一下一下地织着。她相信，她的儿子，绝对不会杀人，绝对不会。

曾皙去世后，他的儿子，为父亲举行了简单的葬礼。儿子认为，父亲活着，好好待他，父亲死了，咏而归，薄葬就可以嘛。

这个儿子，就是曾参，“三省吾身”的道德模范。

父子都成为孔门的七十二贤弟子，极为难得。

曾参是有资格做子思老师的，虽然“参也鲁”（有点鲁钝，布衣以为只是表面而已），以前成绩不太好（马云高考数学不是零分嘛），但他勤奋刻苦，深得孔门真传，教教孔老师的孙子，绰绰有余。孟子有没有受过子思的教诲，无法准确考据，但孟子受教于子思的门生，一定可以成立。

孔孟，就这样相连起来了。

孔老师，还有比学习更重要的事情吗？

孔老师捋着胡须，笑笑说：傻孩子，自然有了。

要孝顺父母，要尊敬兄长，行为要谨慎，不说谎话，关心别人，亲近有善行的人，这些，都比读书重要！

孔老师讲完这几条，和蔼地看着问他的门生：这几条做好，行有余力，则以学文。读书学习，分分钟的容易，最重要的是做人。

嗯，《大学》开宗明义讲了大学之道：在明明德，在亲民，在止于至善。国家的高级学校中，培养什么样的人才呢？能彰显人的品格，要亲近老百姓，人格一定要完善。

孔老师站在遥远的高岗上，面对着鳞次栉比的大学，面对那一群进进出出忙乱的各国大学生，那一群进进出出忙乱的各科教授，一面摇头，一面感喟，怎么就本末倒置了呢？唉，唉！

小屁孩子夏，卫国人，小孔子四十四岁。

不过，子夏和曾参一样，都很老练，就如以前我教书的班级，坐在前排的几位小个子同学，年龄小个子小，但脑子却比大同学好使。

这一天的课堂上，子夏发出了成人般的感叹：

娶妻嘛（小同学一张嘴，大同学齐齐地讪笑），假如噢，你们别笑，我没碰过女人，不代表我不知道女人。娶妻嘛一定要重品德，容貌是次要的，我妈以前这般漂亮，我爸说的，但现在不是黄脸婆了吗？女人的容颜就是一朵花，含苞时最亮，开了就要谢，我家的小院子里有许多花，我观察十多年了。侍奉父母，必须尽心尽力（小同学讲这句时，大同学一脸的真诚），我每天上下学，但一点也不影响我侍奉父母，以后，我希望我的孩子也这样对我（大同学听到此，频频点头称是）。和朋友交往，绝对要真诚。讲信用，答应的事，必须信守承诺。

大同学闻此，开始闹哄哄地交头接耳起来。

陆布衣闻此，脑子里立即出现了尾生的形象。

男青年尾生，不知长相，不知年龄，庄子只提供了这么一点点信息。那尾生，看上了某年轻女子，他们相约，在村东头的桥下面约会，那里僻静，一棵千年大樟，将桥掩映得错错落落，桥下面，人迹罕至，那里绝对安全。

尾生其实早早就到了，站在桥柱下面，他在模拟与心爱的人相见的场景。等啊等，没等来女子，却等来了一场大暴雨，雨如注，不，简直如柱，不一会儿，水就涨起来了。河窄水急，洪水咆哮着上涨，尾生抱着桥柱，就是不离开。他想，他这会儿离开了，那姑娘来了怎么办呢？不是见不着他了吗？堂堂大丈夫，怎么可以没有信用呢。水涨到尾生的腰，涨到了尾生的胸，涨到了尾生的头，最后，漫过了他的顶，尾生“抱梁柱而死”。

尾生的死亡原因，法医专家诊断：为情而死！

你们说尾生傻吗？好多姑娘却说，一点也不傻，尾生是守信的典范。

现在哪里去找尾生呢？婚前信誓旦旦，婚后没过多久，就离开了那座桥，有男尾生，也有女尾生。别指望他（她）抱柱，他（她）们抱的是新人，抱的是新鲜，当然，还要抱财富。

子夏今天的演讲很过瘾，因为他看见孔老师站在门边不断地点着头呢。

孔老师一肚子的为政思想，不，只能说理想，因为一直得不到实践。51岁好不容易开始做官，他的官也做得相当不错，鲁国大治，人民富裕，道不拾遗。但还是少了许多变通，短暂的为官生涯，不得不中止。从55岁起，他开始周游列国，这是好听的说法，难听的呢，他自己就认为，他是一条丧家狗，一条没有家的流浪狗。

他不是一个人丧家，他带着一大群学生呢。个中艰辛，甘苦自知。不过，他对学生们的讲课，却一直没有停止，课堂变大了，变宽了，东风西风都可以任意在教室出入。

小同学子禽，陈国人，小孔子四十岁。

子禽是个爱思考的学生，他一路随老师“丧家”，却见老师神情自若，无论到哪里，都是一副先知的模样，他就很奇怪。

有一天，他终于忍不住，抓住子贡同学的肩膀，使劲地摇了摇，发出了他的疑问：我们的孔老师，每到一个国家，一定会得到很多该国的各种资料，这是他自己找来的呢，还是别人主动给他的？

子禽这个问题，已经酝酿好久了，他看到孔老师，即便到一个非常陌生的国家，也会对这个国家了如指掌，他怎么会知道的呢？他难道真是神人吗？

子禽问完，喘了一大口气，即便没有答案，他也释放了。

子贡显然见多识广，他和蔼地看着这位小同学：老师为人温和，善良，恭敬，自制，谦逊，我以为，正是因为老师具有了这样的品质，他才会得到那些东西。而我们普通人，大多要靠问，才能得到这些知识。

嗯，嗯，子禽不断点头，他觉得子贡要比他懂太多了。

陆布衣听完子贡的回答，觉得还不满意：孔老师应该是将各种品德、储备的知识、强大的理解力数者融合，才有了这些先知。

举一个例子。

孔老师五十岁才开始学《周易》，他颇为后悔，要是早点看到这本书，他不至于在黑夜里盲走许多路，就是说，他要聪明许多。

陆布衣一到知天命的年纪，就迅速找来《周易》，乾、坤、震、巽、坎、离、艮、兑，这八个，简单，记一下就可以。两条线来了，一短，一长，然后，我开始背乾三连，坤六断，震仰盂，艮覆碗，离中虚，坎中满，兑上缺，巽下断。完了完了，数学本身就不好，背了多遍，被那两条长短不一的线，折腾得头昏脑涨。这还没有生成六十四卦呢，每卦再加上六爻，三百八十四爻，彻底放弃。本来，我还有个小理想，古稀之年时，穿个布褂，白胡子爷爷，给人算几卦，装装样子总是像的，因为我还有长长的人生经验呢。

算是小告诫吧，数学不好，你还是别碰《周易》了。

我以前做班主任，每晚每早，都要去班级督查。晚自修，早自习，背着手转来转去，偶尔会接受一下学生的提问。那时，我判断学生是不是好学，主要是看成绩，另外也看平时爱不爱提问。进了《论语》课堂，才发现自己的浅陋，孔老师早就有判断“好学”的标准了。

君子食无求饱，居无求安，敏于事而慎于言，就有道而正焉，可谓好学也已。

前两条，应该是为颜回量身打造的。一箪食，一瓢饮，在陋巷，人不堪其忧，回也不改其乐。颜回为什么不讲究吃，不讲究住？他心中只有一件事，读书，不断地读书，修身。凭颜回的本事，做个官应该没什么问题，但他不愿意，他对孔老师说：俺在城外有五十亩田，足够供应我要吃的稀饭；我在城内还有十亩田，足够生产我要穿的丝麻。摸清颜回的家底后，布衣感觉，颜回其实不是穷死的，他只是不讲究吃住而已。

《雍也》中就有这样的对话：

有一天，鲁哀公问孔老师：您的学生中，谁最好学呀？

孔子老师回答：有一个叫颜回的最好学。他很有修养，从不把怒气发在不相干的人身上，也从不犯同样的过错。只是太遗憾了，他年岁不大，已经死了，现在已经没有这样的学生了，我也没有听说过有爱好学习的人了。

颜回死的时候只有四十一岁，孔老师大他三十岁。

孔子感叹完后的两年，自己也去世了。

继续说“好学”。

办事勤快，说话谨慎，这也是“好学”的要求。

子路办事勤快，但说话不谨慎，不算好学。

其实，在不同的场合，孔老师对“好学”的阐释还是有不一样的地方。

有一天，子贡问孔子：老师，卫国那个大夫，孔文子，他凭什么得到了“文”的谥号呢？孔老师答：孔文子敏而好学，不耻下问，所以得到这个谥号。

这里，孔老师的好学，又回到了聪明爱好学习的意义上来了。

还有一个前提，不耻下问。在古代，放下身段，并不是一件容易的事，贵族阶层，有着十分优越的自我感，一般耻于和身份低于自己的人打交道。那些下人，怎么可能有智呢，他们只配被奴役。但孔老师认为，他们大大地错了，他们错过了获取智慧的途径。他看得很明白，人非圣贤，每个人都有值得人学习的地方。

其实，孔老师自己就是好学的典范，他骄傲地宣称：即便如十户人家这样的小地方，一定有像我这样做事尽责又讲信用的人，但是，“不如丘之好学也”。

是的，如果不好学，三岁死爹，十七岁死娘，又没读过什么正规学堂的孔子，怎么会三十来岁就开始授徒呢？

人的一生，谁也不能准确预判，贫和富会在什么时候发生。不过，这不影响对贫富的理解，作为有文化的读书人，必须要有情怀，贫来了，如何处置，富来了，如何对付。这实在是个大问题，会影响人生的。

子贡以自己的亲身经历咨询孔老师：

老师，贫穷，但不谄媚；富有，但不骄傲。这样的态度如何呀？

孔老师答：应该是不错的态度。但是，贫穷而乐于行道，富有而崇尚礼仪，显然要高于你刚才说的表现。

子贡似乎有点大悟的样子：老师，您给我们讲《诗经》的时候说到，如切如磋，如琢如磨，是不是说的同一道理呀？

孔子笑了：端木赐呀，现在，我们可以来讨论《诗经》了！告诉你一件事，你已经可以自行发挥，并且领悟到了另外一件事。

孔老师回答子贡的标准，显然不是空穴来风，因为他的另一个好学生颜渊就是这样的良好践行者。那几句表扬颜渊的话，这里不再述了。

《诗经·淇澳》出自卫风，全诗共三章，每章九句，借物起兴，以绿竹赞美君子的高风亮节，其中著名的“如”字比喻，除了子贡说的，还有：如金如锡，如圭如璧。这些喻体，和前面的一样，修整骨角与玉石，浇铸青铜器皿，需要不断切磋琢磨，精益求精。这些比喻告诉我们，君子之美，在于后天的修养，在于道德的磨砺。

孔老师的含义，其实还是明显的，乐道与好礼，和无谄无骄相比，显然境界更高，情怀更广。

不患人之不己知，患不知人也。

不担心别人不了解我，只担心我不了解别人。

别人不了解我，我已有的才学与品德，不但不会缺失，反而会更加促使我努力学习；别人不了解我，总是有原因，各种方面都还没有达到足以让别人了解我的高度，这不就有了差距了嘛。

我不了解别人，带来了许多问题，志同道合的朋友太少了。因为不了解别人，一直找不到合适的伙伴，一起承担要做的事情。

孔老师这一说，解了我多年的困惑。我的困惑在前一句，别人一直不了解我，连表面也不了解，我这一身的本事，我是明珠暗投呀。

后一句，说的是知人善任吗？嗯，应该是的，孔子如果做鲁国的组织部部长，一定会选用更多的人才。

不已知，不知人，连起来看，互为前提，互为基础。不知人，两眼一抹黑，一个人走夜路到天明，还一定能到天明呢，极有可能在黑夜中死去；不已知，找个山水好的地方隐起来，孔老师偶见一路高歌的楚狂舆，立即下车，想与他交谈，狂舆招呼也不打，扭头就跑。

花城四记

春天的诗，风在朗诵。己亥末庚子初，广州春之静美，花花世界，闲游四日，择事而录，为之四记。

一、六榕

黄州惠州儋州，苏轼的人生坐标。苏轼在儋州时，终老在此的想法常常涌上心头，“余生欲老海南村，帝遣巫阳招我魂。”（《澄迈驿通潮阁二首》），没想到，这都是他精彩人生的必修课程，公元1100

年，朝廷大赦，苏轼又得以复任朝奉郎，北归，归北，苏轼一路行来，这就到了广州。

苏轼虽年迈体弱，游心却一直未减。逛过了广州最古老的越王井，古井不波，南越王赵佗早已远逝，他留下的广州城却是越来越繁荣了。苏轼又在东晋南海郡太守鲍靓所建的三元宫里烧了炷长香，并不是求什么，而是表达天地通达的意念。这一日，他又来到了市中心的净慧寺。这寺极有名，南朝刘宋年间始建，南汉王刘鋹赐名长寿寺，高僧达摩也曾在此留宿过，宋太宗则赐名净慧寺。高高的八角形花塔独映蓝天，寺中花木扶疏，尤其是那六棵榕树，根深叶茂，枝杈繁盛。看到生命力如此旺盛的榕树，苏轼心又有所悟，这榕树就是他的人生榜样，他常从细小入微中悟出和别人不一样的心得，于是欣然题下“六榕”。自此，净慧寺就成了六榕寺。

1868—1875 的数年时光里，英国人格雷曾七次游览广州，后来，格雷将游览记录成了一本书，《漫步广州城》(也译作《广州七天》)。一个风和日丽的午后，格雷穿过旗人集中居住的花塔街道，踏进了苏轼的六榕寺。他们仰望花塔，他们在榕树下避阳，他们详细了解六榕寺的历史。然后又进了领事府边上的小花园，园中长满了高高的榕树，绿树成荫，园中还有几只鹿。当他们得知，鹿是中国的吉祥动物时，感慨颇多。

已亥腊月廿四上午，羊城各式艳丽的水灵鲜花，已经将整个广州扮成了花的海洋。那些遍布街巷的榕树，树冠自由舒展，它们毫无疑问是城市花树的主心骨。我在越秀区旧南海县社区徜徉，这里以前是旧南海县的县衙所在地，这几日虽说是广州最冷的日子，可那些花，却一如阳春里展示出的倩影，给人愉悦。广州城的设置，和别的州有一个大区别，从隋代开始，番禺和南海两县分治，番禺为东，南海为西。南海县衙曾多次异址，但辖区内的旧南海县街却一直保留着，这条街现在属六榕街道。

不过，六榕街巷深厚的文化历史底蕴，自公元前214年秦始皇平定岭南设南海郡，任嚣为南海都尉筑任嚣城就开始了，它犹如那大榕树，枝枝蔓蔓，让人眼花缭乱。这里就是广州的根，文化的根，地理的源。

从根源上找寻和我有关的联系，这会让我眼中的广州更加亲切。

将军府遗址，清代平南王尚可喜的府邸。这几天，我一直在写戏剧家、小说家李渔，公元1668年暮春的一天，李渔就是应这位广东最高军事长官的邀请，到广州来玩的。此行在别人眼里名为打秋风。他在尚府究竟筹得多少银子，没有明确记录，但就在此次南下途中，他完成了一生中的传奇——《闲情偶寄》的写作。我能想象出，当时尚可喜接待著名作家的场景，红烛交辉，觥筹交错，宾主一片融洽。然而，格雷来此参观时，眼前已成一片废墟，此前，这里曾是英法联军部队驻扎的兵营，不过，他们一定理解不了大清国的屈辱。

一幢三层红楼，墙角的小报童铜像将我的目光拽牢。报童背着挎包，右手高举卷着的一份报纸，左手握着数份报纸，短裤，对襟衣，分头，嘴里是高喊的样子。看到这尊像，影视中报童的形象似乎复活，他在卖什么报呢？

《大公报》,《大公报》，七个铜板两份报！

《大公报》的临时社址就在这里。

自前几年开始，我一直在《大公报》的小公园版上开设“笔记新说”专栏，平时，常有文章发表于周末的文学副刊。看到卖《大公报》的报童，自然像见到了《大公报》一样亲切。这是一张让人敬仰的报纸。1902年6月17日,《大公报》在天津诞生，报头由近代著名的思想家、教育家、翻译家严复所题，这也是中国历史上寿命最长的一份报纸。《大公报》现在依然在香港蓬勃发展着。我也是新闻人，《大公报》的张季鸾、王芸生、范长江、萧乾，皆为杰出的编辑记者。二战时期，中国唯一守在欧洲战场的记者就是萧乾；红军长征时，范长江深入西部，为广大读者展示了一张张坚毅的真实面孔。著名的作家，杰出的新闻人，都是我学习的楷模。

《大公报》这一处旧址，是 1912—1923 年间租用的办公场所，三层红色小楼，里面还有个院子，这样简单的办公场所，你完全能想象出报纸初创时期的规模和艰难。眼前的三层红色小楼，是整个旧南海县社区数百幢小洋楼中之一座。20 世纪初至 30 年代，广州海外归侨集中购地开发六榕街一带。他们揣着从国外赚来的银子，在自己的祖地上盖起了心仪的房子。都是开过眼界的，于是，房子设计的各个环节，无不带着新技术的痕迹，带着洋气，但雕饰、窗花等许多细节，依然散发出浓厚的中国传统建筑意味。亦中亦西，一种别样的精致。这种中西结合，到了百灵路的三家巷，迅速勾起了一个久远的阅读体验。

我曾就少年时的阅读写过一篇《在饥渴中奔跑》，没有书读，能读到小说，那是一种奢侈。除了几部残缺本的古典名著外，印象比较深的有现代小说《林海雪原》《苦菜花》《红日》等，欧阳山的《三家巷》，我甚是喜欢。走进《三家巷》展览馆，青春靓丽的周炳、区桃，仿佛从文字中复活。还有个笑话，读《三家巷》时，区桃，我一直读区（qū），当时还想，那么美的姑娘怎么姓区，怪怪的姓，就是没想到翻字典。直到大学上现代文学课，老师说那个区（ōu）桃，我还十分不习惯。现在，我站在区桃的前面，那个区（qū）就直接冒了出来。不过，我不脸红，我只有敬佩，倒在屠杀者枪口下的区桃英勇无畏，绚烂如桃花。《三家巷》初版于 1959 年，六十年过去，现在重读，依然是好小说，它去年入选“新中国 70 年 70 部长篇小说典藏”，沙基惨案、省港大罢工、广州起义，这些足以影响中国革命历史的大事件，都被欧阳山巧妙地揉进三家巷周、陈、何几代人的瓜葛中，特别是三家巷的青年一代，出身不同，性格不同，救亡图存的目标却高度一致。街角榕树粗壮显眼，枝条横街任意东西，看《三家巷》浮雕群，小说中的一幕幕场景又艺术再现。行人三五成群，有的低头细读，有的蹲身拍照。复原历史是为了铭记历史，文学永恒。

惠吉西路33号，“长者饭堂”前，我们驻足。这是旧南海县社区的老年食堂，我细看菜单，除了灼时蔬，周一至周五菜式完全不同，比如，冬茹蒸鸡、萝卜煮鱼松、土茯苓煲骨、虫草花蒸肉饼、罗汉斋、梅子蒸排骨、韭菜妙蛋、莲子百合煲猪骨、木瓜煲鱼尾。呵，你从菜名中就能闻出浓浓的广州香味，当然还有如榕树般的惠风和畅。

将军府遗址，紧挨着六榕寺，有一个六七米高的小土岗，一棵参天环抱古榕挺立。岗有一亭，亭中有一方墓碑，碑文为“故秦南海尉任君墓碑”，那是南越王赵佗厚葬广州缔造者任嚣的地方。苏轼的六榕，已经成十上百了，且粗壮环拱，根系发达。在中国南部榕树生长的地带，榕树凭着它那顽强的生命力和生长力，须变成根，根长出须，子子孙孙，又孙孙子子。它们迎风接雨，永远四季常青，叶茂枝繁！

二、亲爱的

一路赏着花市，再去黄埔军校旧址纪念馆怀旧，读着馆中八十年前两位烈士的家信，不禁情容深深动于心。

一封是赵一曼写给儿子宁儿的。1936 年 8 月 2 日，她被押往开向刑场的火车，天气酷热，赵一曼的心里却异常冷静，她向看守要来纸和笔，给儿子写下了这封绝笔信：

宁儿：

母亲对于你没有尽到教育的责任，实

在是遗憾的事情。母亲因为坚决地做了反满抗日的斗争，今天已经到了牺牲的前夕了。母亲和你在生前永远没有再见的机会了。希望你，宁儿啊！赶快成人，来安慰你地下的母亲！我最亲爱的孩子啊！母亲不用千言万语来教育你，就用实行来教育你。在你长大成人之后，希望不要忘记你的母亲是为国而牺牲的！

你的母亲赵一曼于车中

1936 年 8 月 2 日

展板的题目是：迟到二十一年的家书。这封信存在日军审讯档案中，直到 1957 年才被发现。31 岁的赵一曼正是如花盛开的好年华，虽然瘦弱，可她被俘时却是东北人民军三军一师一团刚强的女政委，为掩护部队，她腿部负伤被俘，受尽日军折磨，最后时刻，她最放不下心的，就是唯一的儿子。

赵一曼短发夏装，抱着宁儿坐在藤椅上，并没有露出明显的笑容，安静安详。也许，在她心里，有许多大业尚未完成，即便是最亲爱的孩子，她也没有多少时间陪伴，更没有千言万语教育孩子。这位黄埔军校武汉分校第六期的学生，也是军校的第一位女生，在革命的征途中，英姿勃发，她只用实际行动来证明自己坚定的信仰。

另一封是左权将军写给妻子刘志兰的。1942 年 5 月 20 日夜晚，和风习习，山村暂时安静下来，临睡前，左将军在昏暗的油灯旁写下此短笺。五天后，左权被日军炮弹击中，壮烈牺牲。

志兰！亲爱的：别时容易见时难，分离二十一个月了，何日相聚？念、念、念、念！愿在党的整顿之风下，各自努力，力求进步吧！以进步来安慰自己，以进步来报酬别后衷情。

我曾经看过左权将军女儿左太北编的《左权将军家书》，家书大多是左权在战斗空隙匆匆而就，有的甚至只有寥寥十几个字，但字里行间显现的真情，皆饱满丰富。这封信中的四个“念”字，一读再读，眷恋和憧憬之情透过纸背。

信的展板边上，是左权和妻子、女儿的合影，左将军和夫人都面带微笑，女儿还是婴孩，妈妈抱着，她举手冲着镜头。1940 年 8 月，抗日战争已经进入最艰苦的阶段，山西武乡县砖壁村，八路军以此为根据地抗击日寇。不过，左将军全家的合影，和那家信一样，都表现出了浓郁的家国情怀，以及必胜的满满信心。

左权的家信，因邮路严重破坏，大多是托人带到延安的，有时一两个月，有时长达四五个月。你不由得感叹，烽火连数月，家书真是抵过万金。

走出黄埔军校纪念馆旧址的大门，暖阳映照，心情从沉重转向舒畅。院子里的两株大榕树，乃军校建校时栽，虽经日军飞机的数次滥炸，如今依旧繁荣昌盛。它们盘根错节，枝枝蔓蔓，浓蔽成荫。树枝上挂着不少成串的大红小灯笼，一切都是迎春的细节，热烈而奔放。

那两封久远家信散发出的浓郁情感，数月来，我时时回味。

亲爱的，亲爱的儿子，亲爱的女儿，亲爱的妻子，亲爱的母亲，亲爱的人们，亲爱的祖国，你们都要好好的！

嗯，亲爱的，你们放心，我们都好好的，我们必须好好的！

三、通草画

十三行，这个名词，在我阅读的中外典籍中经常出现，它是清政府指定开放的通商口岸。1757 年，清朝实行“一口通商”，清政府靠十三行和外国人做生意，十三行独揽中外贸易八十五年。那些洋货，由此地进入，中国的丝绸、茶叶、瓷器，从此涌向世界各地。

十三行博物馆，坐落在荔湾区的广州文化公园内，这里就是两百多年前十三行的旧址。图版影像，各种陈列柜，中国的外国的，眼花缭乱，仅儒商王恒、冯杰夫妇无偿捐赠的1566件藏品，你几天也看不完。他们捐赠的藏品中，瓷器占三分之一，刺绣、象牙扇、银器等二百多件杂项，百余件家具，还有三分之一数量的通草画。在我看来，十三行的历史，不仅是一段简单的商业贸易史，也是一个朝代的兴衰史。

五颜六色、立体感极强的通草画，我第一次开了眼界，两个多小时，我一直沉浸在通草画的世界里。

通草，别名大通草、通花、方草，其实它不是草，而是一种小乔木，学名通脱木。中国南部的广大地区，向阳的山坡上，屋旁，路边，杂木林中，都有它们的身影。叶片大，有点像路边常见的八角金盘的叶子；开白色的小花；大部分身高在一米上下；它圆柱形的茎髓，空心，直径几厘米，高几十厘米，质松软，有弹性，易折断，这就是通草画的主要原料。

通脱木，其实很早就为我们的先民所识，不过，以药用和装饰居多。宋代著名笔记《太平广记》第406卷中就有通脱木记载：

> 通脱木，如蓖麻，生山侧，花上粉主治恶疮，如空，中有瓤，轻白可爱，女工取以饰物。

不知道是哪位画家发现了它可以作画，显然，这也是一种创造。不过，中国人直接利用树皮或者树叶写字的故事，早已不新鲜。宋代洪皓出使金国被扣十五年，他依然教当地百姓学习儒家经典，他用的教材就是自编的，在桦树皮上写《论语》《孟子》；元朝陶宗仪写笔记《南村辍耕录》，据说也是先写在树叶上，再埋在树根下的破瓮里，数十年后学生挖出整理而成。当然，我们很难体会陶宗仪写作的艰辛，他一边劳作一边写作。

那么，这通脱木怎么成了通草画的纸了呢？陪同我们参观的李黎女士，荔湾区的常委、宣传部部长，她原来就负责筹建这个博物馆，馆里的一点一滴都在她心中。李黎介绍说，人们砍下通脱木，将茎髓切开展平，再用锋利的刀切成如纸般的薄片，略为晒干，就是作画的纸了。我仔细看展柜里的通草片，和一般的宣纸相比，通草片肥润莹白，拙朴俊秀，隔着厚厚的玻璃，甚至都能闻出它浓郁的山野气息。

几百幅通草画，一路欣赏过去，大致能看出一些道道。艺术说不上非常精致，但应该是那个时代的一种特别反映，既有西洋油画的逼真写实，也有传统中国画的审美写意，它是两种艺术的有机融合，难怪外国人喜欢得很。观通草画，我一下子想到了南宋周密的笔记《武林旧事》。那是一个南宋遗民对南宋的美好回忆，许多都是条例或者名词式的罗列，但正是新闻记者式的直录，让人读到了一个鲜活而真实的南宋。而我眼前这些画，如周密的笔记一样，基本上是当时广州城的市井百态，只是，它们是图像，零碎的，但外国人正是通过这些形象的画面来认识当时的中国。

见我和储福金兄特别痴迷，李黎嘱人送来了由她主编的《十三行文化遗产丛书》之通草画专册，我们这就对通草画的今世前生更加心中有数了。十三行博物馆藏的通草画共有 502 幅，全部为王恒、冯杰夫妇捐赠，但它们只是当时广州通草画产业的一个缩影而已。清朝晚期的珠江两岸，至少有三千多人在从事通草画产业，有一部分是中国画家、画师自己的创作，还有大量订单来自海外。也就是说，这通草画，犹如那些瓷器、丝绸一样，都是国外的抢手货，订单源源不断，这就促进了一个产业。眼前的通草画，分线描画和水彩画两类，题材五花八门，主要有人物类、屋景类、海事类、生产类、风俗信仰类、市井行当类、戏剧表演类、刑罚类、花鸟虫鱼类等，目不暇接。

据王恒先生介绍，馆里的线描画，只有60幅，相当珍贵，是他花大价钱从国外购得的。这是上色前的画稿，均为市井行当，有人推测，它极有可能是某个画行的样板画，做门店广告用的，客户想要什么类型，指一指，他们就可以照单画出。行当，自古以来就是中国人生产生活的一个重要侧面，它们的演变和消亡，可以读出社会的真实情况。笔记里的各种行当，我一向感兴趣，眼前这六十个行当，一一细看。

捞鱼，卖竹笋，钓鱼，煨鸭仔，柴佬，剃头仔，西洋景，妓妇，做锡器，卖碎皮，卖黄牙白（菜），卖什物，卖靴，做白铜器，补瓷器，看风水，补遮（伞），打包，卖棕绳，卖木鱼书，卖茶壶，凤阳婆，买办，陶地砂，卖蒲团，卖梳篦，整木，油漆，整菩萨（做佛像），淹牛皮，磨面，卖苏货，整袜，车烟干，挑网（制造或缝补渔网），卖豆腐花，整蚊烟（做蚊香），打铁，窄（榨）香，编竹箩，打磨（石匠），裁缝，卖毛毡，压布，卖萝白蒜，卖席，烘烟干，卖羊肉，掘茶地，落茶种，赖茶，择茶，摘茶，剪茶，茶饼，西茶，炒茶，檡茶，看茶，舂茶。

边看边议，大家七嘴八舌。两百多年后的今天，差不多百分之八十以上的行当，还以各种方式存活着，因为这些行当，大多连着人们的衣食住行。捉鱼的，钓鱼的，挑着担卖新笋的，田园的，乡土的，泥土气息扑面；一群孩子伸着脖子，将西洋景围得紧紧的，这个洞眼里的景象太好玩了，会跑会动，会叫会跳；现在的一些古街古镇，打银打锡打铁，卖靴卖壶卖席，什么都有，皆为手工精心制作，当然，卖碎皮不行了，这个行业马上要消失，各种动物皮毛，虽好看，却违反了野生动物保护法，以后一律禁止；看风水，明的没有，暗的不少；木鱼书，又叫摸鱼歌，是南方弹词，广东地区流行，就如浙江的绍兴戏，现在估计只有旧书摊上才有可能见得到，其实应该大力倡导；凤阳婆，跑江湖的凤阳女子，谋生多么不容易呀。茶是一个完整的系列，挖茶地，选茶种，然后赖茶，看画，是一个茶农拿着长勺在施肥，旁边还有两只粪担，赖是依侍种茶为生吗？或者从茶中得到好处？不是太明白。如果说赖茶是浇肥培养，那么择茶、摘茶，就是采摘它的成果了，然后是剪茶，修剪茶树；西茶乃筛茶，檡茶，这个“檡”字有三个音：shì、tú、zhái，我不知道读什么，看画中女子仔细的眼神和动作，应该是zhái，包装出售以前，将焦叶、枯枝全部挑出；最后两幅是看茶、舂茶，前一幅是男子面对一簟箩摊开的茶叶，手抓一把，正认真辨别，极有可能，他是做收购买卖的老手，闻香观叶辨色，就能知道茶叶的品质，后一幅舂茶，男子双手握着长木杵，在石臼里捣茶，是按国外商人要求做成茶饼吗？完全可能。想起来了，我去云南德宏州的瑞丽，景颇族倒是有一个舂茶的习俗，青年男女结婚时，夫妇两个握紧木杵捣碎茶叶，只捣十下，然后加入鸡蛋、姜蒜，冲泡成茶，寓意美好的生活。

彩色通草画，给我们展示的是一个光鲜而亮丽的世界，即便那些内容有明显的时代特征，也都趣味横生。

1870年左右，广州怀远驿街，有一家叫“永泰兴”的画铺，应该是当时广州城规模比较大且专业的通草画行。它的一条广告词上，标明了可以承接制作三十种题材的画作，比如：帝国官员的服饰，富人从生到死的快乐生活，文武科举考试，鸦片吸食者的一生，外国人广州游指南，中国神话中的天使和先知，养蚕和丝绸织造，茶树种植和茶叶贸易，中国戏剧，新年灯会，女乐师和歌女，农业生产图，火灾、灭火器和救火方式，古代美人图，等等。看这些广告内容，你就会发觉，文化的交流，人们对世界的认识，真是一件非常奇特的事，在此国习以为常的事，到了彼国就成了西洋景，而彼此双方，无论官员还是百姓，都想看看对方，彼地到底有什么样的景象？彼地的人们和我们一样生活吗？古埃及的安东尼曾指责那升起的太阳打扰到了他的祈祷；而北极圈附近的爱斯基摩人在接触到大批白人之前，一直以为自己所居住的地方就是世界的中心；非洲人从来都相信神是白色人种；而广大的中国人，几千年来都认为，大地云端之上，有天堂，那是神仙居住的地方，大地九泉之下，有冥府，各种鬼神精怪集聚。文化的交流，会有数种结果，融合，排斥，割裂，部分融合，部分排斥，部分割裂，各种结果，均不同程度地贯串于中国几千年的对外交流历史中。新颖而轻盈的通草画，舞动着美丽的双翅，从十三行出发，它们是中国文化交流的漂亮天使。

素色的，鲜艳的，各色画面，看似静止，其实只要细心，就能听到通草画们的呼喊，鼎沸嘈杂的交易声，雷电交加的轰鸣声，雨打芭蕉的噼啪声，狂风掠草的呼啸声，痛苦万分的哭叫声，一一沾在纸背。18世纪以后的南中国广州十三行，只是清政府推开的一扇半透明的窗户而已，它面朝大海，飞鸟和虫子都想钻进来，而随后夹带进的就是一场场旋风。那扇窗已经抵挡不住令人窒息的强大气流，最后在一阵坚船利炮的轰鸣中，颓然倒下。

博物馆里仅有的通脱木茎髓和通草纸两份标本，由广州市越秀区广中路小学提供，我很想去参观一下，那里，一定有不错的传承。

四、陈氏书院

走南跑北看过不少书院，广州的陈氏书院，是我见过规模最大最精致的。

说是书院，实为祠堂，是南方常见的合族祠，为什么不叫祠堂叫书院？历朝政府向来不提倡家族势力的壮大，什么东西大了，都不好管理，如果几千上万人，甚至数十万上百万，他们都结成一个团体，不加控制，就会野蛮生长，尾大不掉。

宋代文莹的笔记《湘山野录》卷上，恰好有一则陈姓大家庭，我想先说一说。

南唐时代，五代同堂的一共有七家，先主李昪都给他们发锦旗表彰，并免征他们的劳役。江州（今江西九江）陈氏一家，最为典型。这是唐代元和年间给事中陈京的后代，老老少少加起来，一共有七百多人。陈家没有仆人，不养小老婆，上下极为和睦。凡是起居漱洗、穿衣晾衣、男女教育、婚丧嫁娶，总之，吃喝拉撒，衣食住行，一律都有规章。吃饭的时候，大家一起坐着，捧着饭，集体吃，没有成年的小孩子则另外坐。陈家有狗百余只，喂食时，都放在一条大船内进行，一只狗没有到，其他狗都不动一下嘴。陈家还建有私立学校，各地的读书人都可以来读，都会提供食宿。江南一带名士，好多都毕业于陈家大学堂。

陈家的规矩，通过狗食这个细节，表现得淋漓尽致。是什么支撑着这个大家庭多年而不散？一定有一根精神主线，这根主线就是规矩，继而演化成强大的精神内核，严格执行，绝对不能逾越，于是代代相传。所谓家国，家也同国，治理靠内在驱动力。宋史上记载，陈家唐代就很有名了，他们创造了332年不分家的全球纪录。宋太宗赐有对联：三千余口文章第，五百年来孝义家。也就是说，陈家最兴盛的时候，有三千多人。宋嘉祐七年，宋仁宗出于统治的需要，强行将陈家拆分，一共分为291家，于是散到了全国。如果不拆分，陈姓就是一个王国，连皇帝的家族都无法与之抗衡，哪朝皇帝都害怕。

我不知道广东的陈氏是不是291家中的一家或几家，如果是，那正好可以做陈氏书院的某种注脚。

现在，我就站在陈氏书院大门前的广场上。

眼前的书院，以我这个角度看过去，就是一个结实而敦厚的举重运动员，他往赛台上一站，两脚坚实有力，扎步在大地上，粗壮的双手，轻松握杠平举，让人寄予胜券在握的希望。这个比喻显然不是很贴切，只是，暖阳下的书院真的给我一种足足的信赖感。只眼前这个头门，就让我看得五色目迷：两只大石狮威严，它们都蹲卧在精致的雕花石基上；大门左右，有硕大圆面石鼓，石鼓的基座上，分别雕有日神和月神；大门的门板上，两位威武门神站着，不知道是不是神荼和郁垒，或者就是秦琼和尉迟恭，他们全身披挂，左右持械迎面挺立；两门神的腰部位置，铜铸辅首门环，左右龇牙咧嘴；青灰色的墙面，青砖光滑壁立；门廊石柱，精干而坚强，石柱础下也有精细的雕饰；头门南向东侧梁架上有大型组雕“曹操大宴铜雀台”，南向西侧梁架上有大型组雕“践士会盟”。瓦面几何排列且紧实，檐角飞翘，各自伸展向蓝天。

广东的祠堂建筑，我有两个深刻印象，一是有不少结实而尖锐的蚝墙，异样的南国风光；另一个是屋顶上各类栩栩如生的陶塑和灰塑。陈氏书院头门及内里建筑屋顶上那些脊饰陶塑和灰塑，就是一次艺术的集中大展示，艺人们以非常大胆而创新的方式，将陶塑和灰塑安置到建筑顶部，将这里称作建筑工艺博物馆，也毫不为过。

陈氏书院脊饰陶塑和灰塑，和十三行博物馆中通草画的内容一样，博杂而广阔，历史故事、民间传说、瑞兽珍禽、花草虫鱼、山川风物，主体大多来自中国传统文化。人们如此精心制作，目的很简单，祈愿和祝福。当然，这里面几乎包含着塑艺人的全部心思，看看，子孙万代，花开富贵，祥瑞平安，武王伐纣，东方朔捧桃，智收姜维，书字换鹅，太白醉酒，不仅寓意经典，制作精良，场景还甚有趣味，看的人欢喜不已。

清光绪十四年（1888），陈氏书院开始筹建，五年后落成。它其实是广东72县陈姓的合族祠，主要供广东陈姓子弟到广州参加科举考试读书生活所用。每年的春秋两祭，是陈姓家族的盛大聚会日，观者如堵。废科举后，这里办过各种学堂，1988年，被列为全国重点文物保护单位，现为广东民间工艺博物馆。

如我前面的笔记所言，政府不希望宗族势力强大，但在百善孝为先的中国，祭祀祖先，无论官方还是民间，都极为重视，如此，祠堂就像雨后春笋般在各地兴起。明末清初，宗祠建筑，在珠三角地区已经非常普遍，“其大小宗祖弥皆有祠，代为堂构，以壮丽相高，每千人之族，祠数十所，小姓单家，族人不满百者，亦有祠数所。……岁冬至，举宗行礼。”（屈大均《广东新语》卷十七《宫语》）这大约就是陈氏书院建设的大前提。陈氏书院的出现，还有若干个小前提：到广州参加科举考试的士子不断增加，清同治二年（1863），广东贡院的号舍，已经增加到 8654 间了，依然不够。考场紧张，说明来考试的人多，而这些考生，考试前后，必须要吃住。还有，广州是广东的中心，全省各地来此办事的人也特别多：官做着做着就调省城了，候任要找地方暂住；官司打着打着，不小心就打到了省城；生意做得大的，也想到省城发展。各种原因都是宗祠的催生者，陈氏书院就在恰当的时候诞生在了岭南这片土地上，一时成岭南第一。

走进陈氏书院，布局严整，廊庑相连，庭院相隔，空间宽敞，到处都是精美绝伦的装饰，建筑物上的各类雕刻，每一组都如一本书，可以延展阅读。郭沫若有诗赞曰："天工人可代，人工天不如。果然造世界，胜读十年书。"连郭这样的大家都直呼开眼界，可见陈氏书院的博大精深。1.5 万平方米的总建筑，将陈氏的繁荣兴盛写在了各种形象的细节上。

我在一张发黄的《陈姓书院地图》前伫立。此图是为了方便省内各地陈姓族人前来书院而作，从陆路或者水路，到陈氏书院这样走，一清二楚。它还画出了全国地图，并标明北京至各省的里程数。我特意看了看广州，5715 里，好远呀，再看了看杭州，3003 里，哈，这么细。现在，2020 年 3 月 29 日上午 11 点 30 分，我在高德地图上输入目的地北京天安门广场，从杭州拱墅区左岸花园出发，1268.9 公里，预计明天凌晨 2：13 到达，不吃不喝不歇，自驾需要时间 14 小时 43 分。书院地图上为什么如此标呢？显然，陈氏书院想吸纳更多的宗亲加入，或者，它在告诫广大的陈姓士子，好好努力吧，青年人，争取到北京城参加会试殿试！

国家由各种不同的细小分子组成，文化亦如此，陈氏书院就是那细小的分子。

陈氏书院右边进口处，一株硕大的古榕树，枝杈交护，叶叶相盖，正勃发着浓郁的南国气息。

后 记

古人说的“读万卷书，行万里路”，是一种高标准、高品质的生活。对此生命的追求，真正实施者甚少。读书破万卷不容易，远行也是多有不便。时间走到了今天，旅途变得十分通畅，行万里路已经不是问题，读万卷书却仍不是件易事。这需要个人的自觉及社会的推动。而文字是一种释放，也是一种交流。作家的写作同样需要与读者互动。

漓江出版社顺应需要，提出了散文精品城际阅读，编辑系列名家丛书，以迎合扑面而来的旅途与信息相融的高铁时代。

谈起选题时，我们就谈到了“七”这个数字，它是“赤橙黄绿青蓝紫”的七，是“哆来咪发唆拉西”的七。让人联想到色彩的无限斑斓与乐曲的美妙变化。那么就定为七人吧，每一两年邀约七位活跃于当今文坛的作家，以构建可资阅读、珍藏、研究的厚重文库。

作家们欣然响应，很快传来了书稿，我们根据情况，组成不同年龄、不同性别、不同地域、不同风格的七人展。毋庸置疑，随着时间的推移，这个精品文丛将会显现出它茁壮的生命力。

由于疫情及其他缘由，这一辑稍有拖延，但我们仍然会看到欣喜的收获。

王剑冰

2020 年冬

王剑冰，著名散文家，我社《中国年度散文》《中国年度散文诗》主编，“旅伴文库·散文精品城际阅读”主编。

请记下你与日子的美好相遇

请记下你与日子的美好相遇

请记下你与日子的美好相遇

请记下你与日子的美好相遇

请记下你与日子的美好相遇

请记下你与日子的美好相遇

请记下你与日子的美好相遇

请记下你与日子的美好相遇

请记下你与日子的美好相遇

请记下你与日子的美好相遇

请记下你与日子的美好相遇

请记下你与日子的美好相遇

请记下你与日子的美好相遇

请记下你与日子的美好相遇

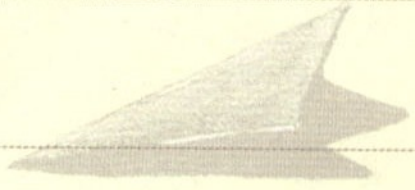

请记下你与日子的美好相遇

请记下你与日子的美好相遇